ヤマケイ文庫

# 山棲みまんだら

Yamamoto Soseki　山本素石

Yamakei Library

# 山棲みまんだら　目次

ツチノコ幻談

山里夢幻

## 山棲み遙か

地図作図・挿画　山本素石

文中地図凡例

河川（矢印は川の流れを示す）
車道または林道で車の通行可
徒歩道
鉄道（国鉄）、私鉄は省略
県境
◎⦿○市・町・地区の差
文中に登場する人家か小屋
峠

# ツチノコ幻談

# ツチノコ談義

「ツチノコって、ほんとうにいるのですか?」

今頃になっても、そんな質問を受けることがしばしばある。聞く側の人は、なんとなく気軽に、あるいは挨拶代りにそう尋ねるのだが、私の方は当惑する。返答に困るのだ。愚問だからである。

「いますとも――」

と答えたら、その人はすぐにもツチノコの実在を信じるのだろうか。信じない人には、どんなに力説しても無駄であることを、私はこの十数年来さんざん経験してきた。もう、うんざりしたと言いたいところだ。

「どんな格好ですか」「やはり、それはヘビなのでしょうか」「マムシかヤマカガシが獲物を呑み込んで、ふくらんでいるのじゃないですか」「走るときはどうするんでしょうか」「毒はあるのですか」――等々。

とびだす質問の手順はまちまちだが、大体こんな風である。しかし、いちいちこういう問いかけに答える煩わしさに、私はホトホトいや気がさしている。実証がない以上、山積みした資料や見聞をひけらかすしかないわけだが、それも所詮はただの口説(くぜつ)にすぎず、「これがツチノコです」と、実物を突きつけて、目に物見せることができなくては、承服させるわけにいかないからである。

それと、もう一つ、うんざりすることがある。興ざめすると言ったほうがいいだろうか。

「こんな世の中ですから、夢が一つぐらいあってもいいですよね。ツチノコも、永久にまぼろしであるほうがロマンがあっていいと思います」

こういう歯の浮くようなことを口にする人も、実はツチノコを信じていないのである。のっけから夢まぼろしのたぐいとしか考えていないのだ。いるか、いないか、いるとしたらどんなやつなのか、実体を追究しようともせず、事の真疑は棚にあげたまま、甘っちょろい観念だけをもてあそぶ手合である。小利口に、手軽に、要領よくふわふわと世渡りすることを考えている人にこの傾向がある。

右にあげた二つの部類の人は、これまでに多少ともツチノコに関する断片的な情報を聞きかじっていて、およその概念はそれなりに描いているらしいのだが、「そんな怪体なヘビなど、いるはずがない」と、意中でひそかに否定するか、「どちらとも分らないけれど、夢として持っている段にはわるくない」といった程度の、あいまいなところでお茶を濁しているのではあるまいか。

こんなことをいう私自身、ムキになってツチノコの実在を力説する気力もひと頃ほどではなくなったのだが、ツチノコブームも下火になったとはいえ、その後も毎年のように、数件の目撃談や遭遇談が寄せられてくる。

少々おかしいのは、さまざまな情報を検分してみて思うのだが、この十年来、ツチノコが断続的にマスコミの脚光を浴びてきた影響で、ほぼ全国的に「つちのこ」のイメージが出来あがってしまって、異様に太短いヘビ、という概念が定着した、という感をまぬがれないことである。第一、ほとんどの人が「ツチノコ」という呼び名を知っている。私どもが躍起になって探検を続けていた草分けの頃は、どこへ行っても「ツチノコ」という言葉（名詞）は通じなかった。いろいろ手をつくし、あちらこちらと尋ね歩くうち、

「うーん……、ツトヘビのことかい？　そいつなら……」

といった調子で話が発展する。こちらは「ツトヘビ」と聞いたとたん、思わず膝を打って身を乗りだす、といった具合であった。これは、愛知県の奥三河辺りのことである。

ツトヘビというのは、苞（つと）に似ているからそう呼ぶのである。藁（わら）などを束ね

〔ツチノコ印象図〕

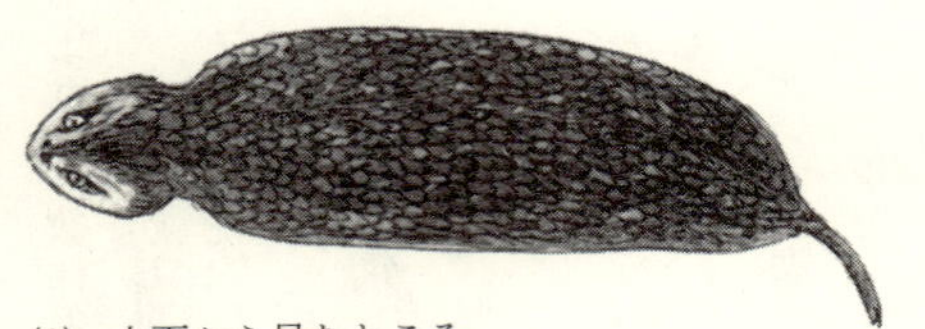

(1) 上面から見たところ

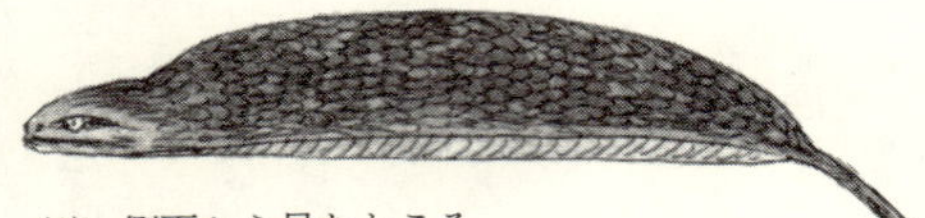

(2) 側面から見たところ

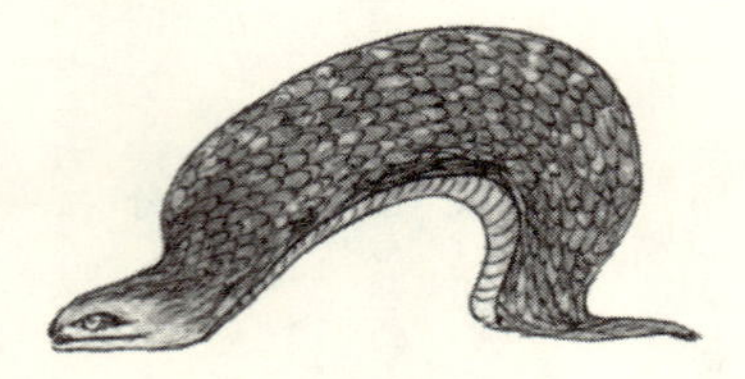

(3) とびかかる直前の態勢。尺取り虫のように体を縮め、尾部を支えにして、一直線に体を伸ばして襲いかかる。

(4) ツチノコのとぐろ。短くてこれ以上は巻けない。古来、この状態のときに子供のようなイビキをかくといわれる。

て物を包んだりするのが苞で、アラマキともいうが、納豆を貯えるのに多く用いられる。ずんぐりとして、太短い格好のものが多い。ツトヘビは方言の一種だが、実はツチノコも方言の一つであって、十数年前、たまたまその名を本の題名にしたのがキッカケとなり、幻の珍蛇として世間にひろがったのにすぎない。だが、ツチノコは幻ではなく、私が実際に出遭ったところから火の手があがったので、そのことについては後で触れることにする。

ついでだから、右の他、これまでに判明した各地の方言（俗称）の主なものをあげると、およそ次のようなものがある。（同名が一部重複する地方もあるが、産地は昔風の国名にする）

＊ノヅチ（野槌）、ノヅツヘビ（野筒か野槌蛇）、バチヘビ（撥蛇）、キギヘビ——羽後、陸前。ツチンボ（槌ン棒）——会津、磐城。カメノコ——上越。ツツマムシ（筒蝮）、ヨコヅツヘンビ（横槌蛇）——越後。コヅチ（小槌）——信濃。ノヅチ、ノウチ（野打）——飛驒。ツチヘビ（槌蛇）、ワラヅチ（藁槌）、ヨコヅチ、ノヅチヘンビ——美濃。ツトヘビ、ツトッコ（苞っ子）——三河。

＊コロ、タンコロ——奥越山地。コロヘビ——越前。尺八ヘビ（管楽器の尺八に似る）、三寸ヘビ（太さをいう）、トックリヘビ（酒器の徳利に似る）、ドテンコ——近江。

＊スキノトコ（鋤の床…丸太を二つに割って鋤を立てかける台にする）、トッテンコロガシ――丹波、丹後。キネノコ（杵の子）――山城。ツチ、ツチヘビ――但馬、河内。

＊ゴンジャ、トッタリ、ツチンコクチナワ（槌ン子朽縄…朽ちた縄が地面にくねっている状態をヘビに見立てたもの）――大和吉野地方。ヨコンボクチナワ（横ン棒は藁を打つ槌のこと）、バンガサ（番傘をたたんだ状態）――紀伊。

＊テンコロ、ツチコロ、ツチコロビ（土転び、または槌転び）――伯耆、出雲。テンコロ、テンコロコロバシ――備前。コロゲ、コロリ、コロリン――安芸。

＊コロ、オコロサン――四国。コウガイヒラクチ（笄平口、櫛笄の形に似て頭が広く尾が細い。ヒラクチはマムシのこと）、コロガリ――筑後。コロヘビ、ヨコヅチヘビ――豊前、豊後。

＊トツメンボウ（栃麺棒か）――肥前。トックリヘビ、ゴロヘビ、コロリン、トラヘビ、タワラヘビ（俵蛇）――肥後、薩摩。

ツチノコは近畿以西の各地で、飛びとびだがかなり範囲が広い。他に、五十歩蛇というのを伊勢北部で聞いたが、咬まれたら五十歩逃げ走らぬうちに毒死するとのこと。台湾の百歩蛇と似た意味だが、どちらにしろ「五十歩百歩」というところか。

酷似した呼び名が重複している地方もあって、網羅すると五十種を超える。これらを通観して明らかなのは、形態と習性の両面に言い分けられていることである。中にはツチコロビのように、両方にひっかけたようなのもあるが、槌、杵、徳利、俵、苞、番傘など、いずれも農山村に昔から伝わった民具であり、産物を保存する器物であったりする。

山で、最初にこのヘビに出遭った樵夫(きこり)は、村人たちになんと言って説明したことだろう。手振り手格好でさまざまにその不細工な姿を講釈しながら、誰にでも納得できそうな形状の器物になぞらえることを思いついたか、誰かが、もどかしそうな説明を聞いているうち、「藁打ちの槌の子みたいやなァ」とか、「それじゃ、徳利にそっくりやないか」とか言いだしたのが始まりなのかも知れない。かくて即物的、可見的な通称が生まれた、と私は考える。

見たままの形状を、身近な日常生活の器物に見立てているところは、いかにも素朴で好い。いずれも異様な太さと、そのわりには足りない長さを、手近な民具や、簡潔な数字(五八寸、三寸ヘビなど)で象徴的に言い表しているのは、学者がつけた理屈っぽくて切れ味のわるい標準和名よりもすぐれている。三次元の世界における生物の形についてては、タテ・ヨコ・高サ(長サ)の要素を、何らかの様式で表現するのが常識だが、ヘビのように、長さが他の二方向(幅と厚み)にくらべて、常に長いにきまっているものを、そうでない、否定的な言い方をするのに、昔の人は今の人間よりも賢い表現をしたものである。

ルナールの『博物誌』にはこう書いてある。

蛇（ヘビ）――ながすぎる。

たった一行だけ、ヘビの特徴を言ってのけ、簡単に打っちゃっている。ルナールという人は、多分、ヘビ嫌いだったのであろう。

人に好かれる動物、嫌われる動物はいろいろあるが、爬虫類は総じて嫌われる方の仲間だろう。その代表格がヘビである。その理由は多分に感覚的なもので、要するに、必要以上？に長いからであろう。

その反対に、もしたいへん短いヘビがいるとしたらどうであろうか。ヘビは、必ず長くなければいけないというきまりはどこにもない。ツチノコが太さのわりにたいへん短い理由も、まだ解明されてはいないのである。

どこかで、こんな話を聞いたことがある。

造化の神が万物をおつくりになったとき、ヘビはみんな長いものと決められた。ツチノコもその同類だったが、とぐろを巻くのが面倒だし、肢（あし）がないのも不公平だといって、神様にデザインの変更を申し入れたところ、造化の逆鱗に触れて、長くなることを禁じられたのだと——。その分だけ太さに変化して、這うかわりに、ころがることをおぼえた。即ち総量には変りがないということになる。ひとまずそんなところで納得するしかないのである。

# 怪蛇襲来

昭和三十四年八月十三日、京都の北山一帯は稀代の集中豪雨に襲われた。水害のあった前日から、アマゴ釣りのために加茂川の奥へ入っていた私は、その日、恐ろしい山津波に遭遇して、九死に一生を得た。想像を絶する杉林の山崩れ、そして忽然と現出した天然ダム、それがみるみる決潰して、山峡をゆるがす泥流となり、たった一日で加茂川源流の地形を変えてしまった。その時の雨量は、八・一三水害として、気象台の記録にのこるほどの局地豪雨であった。身の毛もよだつ自然の暴威をまのあたりに見た私は、それから十日ほどたった頃、凄まじかった災禍の跡を見たくなり、一人で雲ヶ畑の奥まで行ったのだが、源流地帯まで荒れ果てて、アブラハヤの姿さえ見られなくなっていた。

以前は林道だったところが、土石流にえぐられて川床になり、対岸に盛りあがった土砂が俄か道路に様変りしている個所もあった。加茂川は源流から中流の柊野（ひらぎの）まで、見渡すかぎり平坦な土砂に埋まり、そのまん中を、細流がチョロチョロと這うように流れているだけで、いたるところに倒木が覆いかぶさっていた。

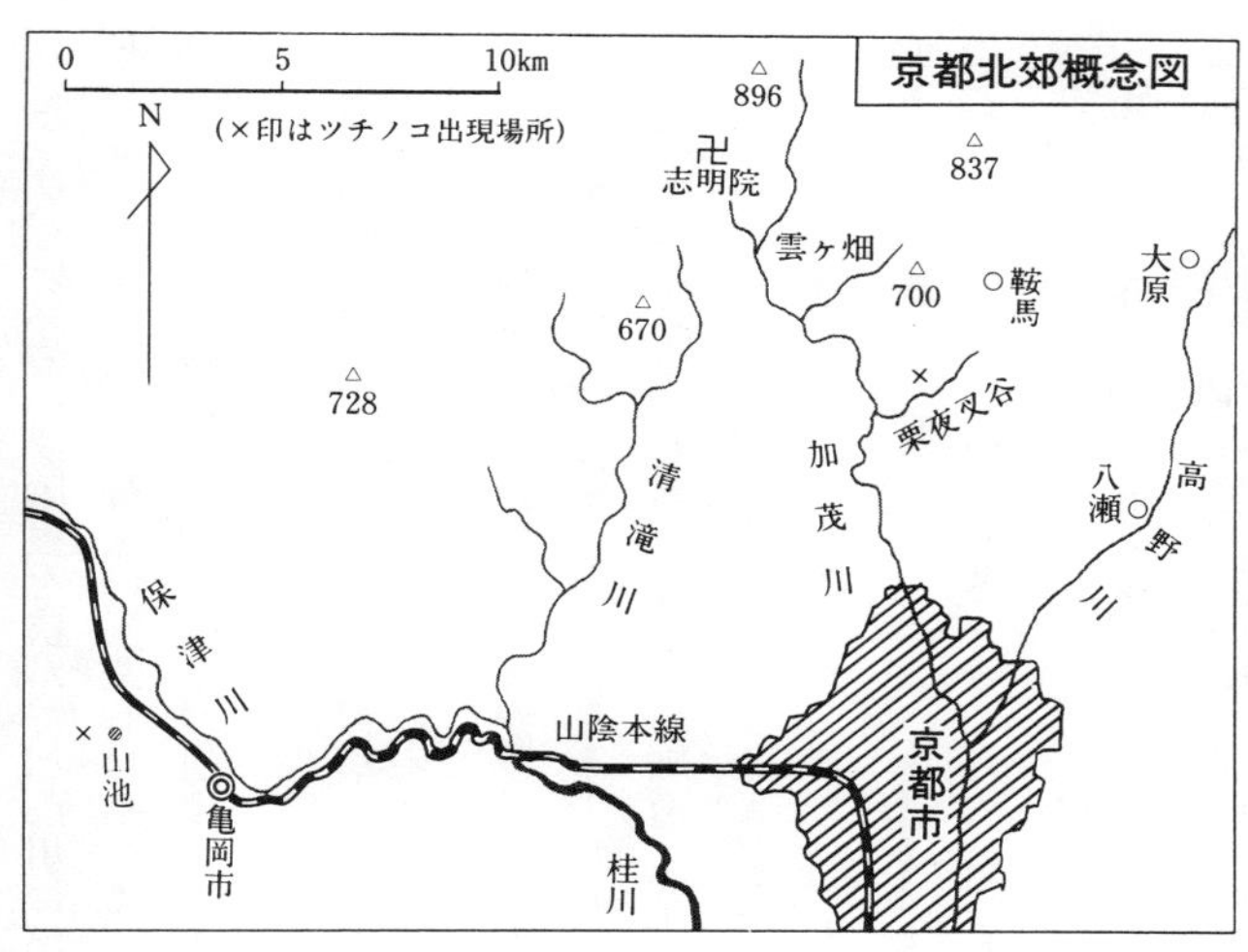


絶望して山をくだったのは昼前だが、ようやく通いはじめた数少ない定期バスが出てしまった後だったので、加茂川沿いの雲ヶ畑街道を歩いて帰ることにした。

雲ヶ畑と上賀茂の中ほどに「大岩」というところがあって、沿道随一の巨大な岩が頭上を圧するようにそびえ立っている。その辺まで来た頃、かねて催していた便意が、思い出したように腹をいためてきた。一帯は川と道とがぐんと近くなっていて、用を足すには気がひける晴れがましい場所なので、少しくだった道寄りに流れ込んでいる栗夜叉(くらしゃ)谷という沢へ入り込んだ。

そこは、杉林のやせ尾根を挟んで加茂川に出合う小さな支流で、めったに人の来るところではない。奥は草深い夜泣峠を越えて、鞍馬街道の二ノ瀬へ通じる古道だが、山仕事の人か、物好きなハイカーの他は、歩いて通る人もなくなったもの淋しい山道である。

豪雨禍の痕はここにもあって、青草をつけたままの土塊がところどころ道を塞ぎ、淵らしい淵は土砂に埋まって浅くなっていた。けだるい谷川のせせらぎと、伸びきった雑草のむれるような晩夏の昼さがりであった。谷沿いの山道を歩いていると、われ知らず渓魚釣りの遡行癖が出て、もう少し、もう少し、と思って歩きつづけるうち、道が二つに岐れて、右が夜泣峠への細道、左が源流への林道になっているところまで来てしまっていた。私は当然、何気なく源流への道をとった。

いくらも行かぬうちである。だしぬけに、右手の山側から妙なものがとんで来た。杉林の下生えは日陰の藪だたみで、林道から見ると、頭の高さぐらいが地表になっている。左の崖下は谷川である。妙なものは、右の日陰の藪だたみからとんで来た。ヒユーッといったか、チィーッといったか、そのどちらともつかぬ音を立てて、下生えの藪の中からゆるい放物線をえがいてとびかかって来たのは、一見したところ、ビール瓶のような格好をしたヘビであった。

斜め右の方から、二メートルほどの空中を、物を投げつけるような速度でとびかかって来た。濃い栗茶色のウロコがキラリと光ったのと、音だか声だかわからないが、鞭（むち）で風を切るような鋭い唸りを発したのだけがわかった。おそらく、私の首から肩のあたりを狙ってきたのだとしか思えない。とっさのことながら、私はその寸前に半身を反らしてとび退（しさ）っていたので、危うくも一瞬の差でぶつからずにすんだ。ぼんやりと歩いていたのに、よくもあれで避けられたものだと、今も胸をなでおろす思いがする。

とんで来たその〝物体〟は、音もなく石ころ混じりの地面に落ちて、斜め向いに私と対面する格好になっていた。その姿をまじまじと見たとき、私は本当に息を呑んだ。なんともけったいな、グロテスクな、いやに太短い、しかも、まごう方ないヘビなのである。他の爬虫類も含めて、山野に棲む動物は、たいがいひと通りのものは知っている。だが、そのヘビ?は、間違いなくヘビだとしても、ヘビにしてはあんまり短すぎるし、そのわりには太すぎた。自分の眼を疑うというのは、こんな時のことなのだろう。もちろん、そんなものに出くわしたのは初めてである。

太さはビール瓶ぐらいだが、あんなに丸くはない。やや扁平で、色もビール瓶よりは黒っぽく、長さは目で測ったところ、どう見ても四十センチ以上ではない。いやに不細工なしろものだが、突然変異とは思えないし、造物主のいたずらにしては念が入りすぎた出来ばえで、それなりに完璧なスタイルをしていた。

頭の大きさは、大人の手の指を三本そろえたほどの幅があって、厚みもほぼそれ位――。つまり、幅の広さにくらべると、異様にうすっぺらな感じである。これがニシキヘビなら、優に三メートル級の長さに匹敵する頭の幅であった。ウロコも普通のヘビよりずっとあらく、同大の鯉のウロコほどはあったろう。背部と体側には、マムシと似てはいるが、もっとあらくて毒々しい斑紋があったように思うけれど、姿態の異様さに気を呑まれていたので、そこのところの記憶には自信がない。マムシのいわゆる銭形紋は、普通二十二から二十七位がつながっているものだが、そいつの斑紋はもっと大きくて、数はせいぜい七つか八つ位しかなかったと思う。扁平な胴の梁(りょう)骨を三角状にとがらせて、特有の興奮状態にあることを示していた。

もう一つ、印象的な特徴は、ズン胴の尻がそぎ落したように急に細くなって、ネズミのような尻尾がチョロリと出ていたことである。豚の尻尾を連想させるような、胴の雄渾(こん)なのとは対照的に何か余計なものをつけたみたいで、それだけにひどく貧弱な尻尾である。そいつがピリピリと上下に痙攣(けいれん)しながらゆっくりと横振りに動いていた。とたんに私は、ガラガラヘビの攻撃態勢を思い出した。

目つきの悪いのは、ちょっと言いようがない。ヘビの目は、よくみると案外やさしいものだが、こいつの目には底気味の悪い凄さがあった。どうみても〝猛毒蛇〟という感じである。

　私はヘビ好きではないが、極端なヘビ嫌いでもないから、どんなヘビに出くわしても逃げたことがない。人も馬をも呑むような大蛇なら腰をぬかすだろうと思うが、山道に長ながと横たわっていたりする二メートル級の〝大物〟でも、避けるのが面倒だから跨(また)いで通る方である。戦争中は、ヘビもカエルもよく食べたし、今でもマムシだったら逃がしはしない。

　だが、栗夜叉谷(くらしゃ)で遭遇したその太短いヘビにだけは、本能的な恐怖を感じた。マムシだって、よほど接近するか、踏んづけるかしなければ咬みつきはしないものだが、そいつは一方的に、しかも空を切ってとびかかって来たのである。マムシに接近しても、他のヘビのように慌てて逃げようとしないのは、毒牙という武器に裏付けられた習性だが、積極的に襲いかかって来たとしか思えぬ太短いそのヘビを、私は直感的にマムシをしのぐ毒蛇の部類と推定した。

　にらみ合っていたのは、後で考えると、せいぜい一分間か一分半にも足りなかっただろうと思う。そんな場合の一分間というのはかなり長いものだが、その場では時間を忘れていた。——が、その目つきの悪さと、尻尾の痙攣を見て取ったら、にわかに恐さを感じた。無手のままの私は、石ころを拾うことにも気がつかず、身構えたままジリジリと後退りして間合を取ってから、一目散にその場を逃げだしていた。

今にして思うと、実に惜しくもあっけない出遭いと別れであった。

# ころがる・あたる

「へーえ！　やっぱり、まだそんなやつがいたのけえ。そいつはツチノコちゅうてな、昔はこの辺の山のあちこちにいたもんや。崖からコロコロローッところがって来て、人でも犬でも、そいつにあたると死ぬちゅうて、こわがったもんでな。夜泣峠の萱場にも昔から棲んどるといわれてきたのや」

この話は、最初、雲ヶ畑で聞いたのである。同じく洛北の大原と二ノ瀬でも、同様のことを聞かされた。北山に住みついてきた年寄たちは、私の目撃談を聞くと、ずっと昔に死に絶えたと思っていた忌わしい怨敵が生き返ってきたとでも言いたげな口調で、そうつぶやいた。この古老談の意味するところを、私は何度つつき直し、詮索したか知れない。

ツチノコというのは、京都北郊の一部と、鈴鹿山地、吉野群山一帯（ツチンコ）、そして北西国の一部で呼ばれている俗称であることがわかったのは、それから数年後である。縄や草鞋を作るとき、材料となる藁を打つのに用いる「槌の子」は、呼び方もサイズも地方によってまちまちだが、太い胴体と、握る部分の柄とで出来ている点はである。

共通している。そのヘビは、つまり「槌の子」に似ているからこの名がついたわけである。

〝あたると死ぬ〟というのは、もはや伝説的な言い慣わしになっていて、「ツチノコにあたって死んだ」という噂や、又聞きの話をだんだん追及してゆくと、どこの誰某とも分らぬままにかすんでしまったり、山仕事をしていて脳卒中で頓死したのが誤り伝えられたりしている。そうした事例の真相究明には複雑な人情がからむので、軽率な聞き込みはできないのだが、思うに、ゴツン！と一発ぶちかまされた瞬間にはもうやられているわけで、これを「あたる」という実感で表明したのではなかろうか。私の場合にも、やはり当りに来たとしか考えられない。犬やヒステリー女がガブリと咬みつく動作には、かぶりついて食いさがるしつこさがあるが、それとはまったく異質な、目的の違う咬み方である。

奄美大島の人たちは、ハブに襲われたときの状況を語るのに、「咬まれた」とか、「咬みつかれた」とはいわず、「ハブに打たれた」とか「叩かれた」という言い方をする。ハブでもマムシでも、敵を襲うときは、上顎と下顎をほぼ垂直に近い状態にカッと開けて、S字状に曲げた鎌首を一直線に伸ばして相手に叩きつける。そして跳ね返るような速さで首を引くと、もう次の攻撃態勢に戻っている。「あたる」というのは、主体と客体のハッキリしない言い方だが、これは路上で車にあたるのといっしょで、人間はやられる側で被害者なのであり、あたることが即ちいのちにかかわるのだ。正確には「あたられる」か「あてられる」のであって、「叩かれる」「打たれる」という言い方が示すように、置きかえようのない体感的な表現である。

推測通り、ツチノコが有毒、ないしは猛毒だとしたら、その攻撃？を避け得られた私は、危うく一命を拾ったことになる。もしも避けそこなって、栗夜叉谷（くらしゃ）の林道であえなく絶命していたとしたら、当時、車も入れなかった草深い山かげで、幾日の後に私の遺体は発見されたであろうか。それがツチノコにあたって毒死したのだということを、誰が証言し得たであろうか。

有毒説を支持する理由は、栗夜叉谷でとびかかられたときの姿態と習性から判断した私の直感だが、北山の古老たちが口をそろえていったように、崖や斜面を「ころがる」という芸当については、私は懐疑的だった。青大将が黒茶色の野ウサギを絞めこんで、その尻を頬張ったまま、山の斜面をころがり落ちてきたのに出くわしたことはある。フットボールのような塊りになって、巻き込まれたウサギは、頭部と後肢の一部しか見えなかった。ころがり落ちてきたのは、体位の支えを失ったからであった。ヘビを見馴れた人間なら、どんなにおどろいて慌てても、そんなものをツチノコと間違えたりはしないだろう。

ところが、鳥取県の倉吉市に近い関金(せきがね)温泉でもらった『せきがね風土記』(関金町役場発行―昭和三十七年版)に、次のような記事が載っている。

「土コロビという蛇のような動物が三十年位前までは、蒜山(ひるぜん)や、そのふもとの村々にいたといわれます。古老の話によると、直径一尺、長さ三尺位のまるでタルのような形をした蛇で、土をころんで人間を追いかけたといいます。土コロビの名はそこから始まったのでしょう」

温清(おんせい)楼という古い旅館のおてつだいに聞いたら、近頃でも稀れに見る人がいる、ということだった。胴の直径一尺というのは、話がややお伽(とぎ)めいているが、滋賀県の山奥、鈴鹿の焼野というところで獲れたツチノコがこの大きさだったという。その時は、地元の村人が三十人ほども野次馬になって見物したということで、証言者は大勢いるのだが、肝腎のツチノコは名古屋方面へ売られて行ったきり、ついに行方不明のままである。

関金温泉のツチコロビに類する呼び名と似ているのは、コロ、タンコロ、テンコロ、コロガリ、コロゲ、コロヘビ、オコロサン等、ころがるという奇癖を一様に指摘していることで、這うとか走るという表現は、まだどこでも聞いたことがない。這って動

（原画は倉持久造氏）

く状態を見た人もいるにはいるのだが、このヘビの習性や特徴としては、どこでも取りあげられていない。こ、ろ、が、るのは、むしろ〝隠し芸〟ではないかと思うが、それがいつも人の意表をつく奇抜な動作なものだから、人びとはそれを第一の習癖とみなして、そのような呼び名をつけたのではなかろうか。形態を重視するかぎり、ころがるという奇癖は一応理屈にかなっていることになる。

唯ひとつ、困るのは、斜面や崖を登るのに不向きなことだ。これは後肢の長いウサギが、斜面を駆けくだるのが不得手なのと逆である。それかあらぬか、山でこのヘビに出くわしたら、上の方へ逃げろ、逃げくだってはならぬ、というもっともらしい言い伝えが各地にある。「逃げろ」と教えられているのは、いうまでもなく危難を予知してのことだが、上の方へ駆け登れ、とまで念の届いた教え方をしているのは、誰かが逃げくだって失敗した事例があるのだろうか。

こんな話がある。

高野山に近い橋本市の郊外に倉持久造さんという人がいる。今から三十年ほど前、当時五十すぎだった倉持さんが、近くの山畑で仕事をしていた。腹が空いてきたので、そろそろ中食(ちゅうじき)に帰ろうかと思っていたとき、背後の山で、ドスンドスンと響くような物音がするので、倉持さんは手を休めて、何気なく山の方をふり仰いだ。

一帯は明るい松林で、密生した低い灌木のあいだは、これも背の低い笹が繁っている。ドスンドスンという鈍い物音は、不規則に間をおいて、松林の斜面をころがってきた。物音のありかを目でさぐるうち、五〇メートルほどの目の先に黒っぽい車輪のような物体がころがり落ちてくるのを、倉持さんは見た。

倉持さんに言わせると、その頃流行していたスクーターのタイヤがころがってきたように見えたそうである。いや、てっきりそうだと思ったという。しかし、誰もいないこんな山の上からそんな物がころがってくるわけがない。ハテ、何だろう? と思う間もなく、そのタイヤのような物体は、ゴロンゴロンところがり落ちてしまって、畑地から五メートルほどの高さを横に通っている灌漑用水路の中へ、スポッと消えた。

とっさの考えだったが、スクーターのタイヤにしては、少しもバウンドしなかったのがおかしい。第一、ころがってくる途中でもバウンドしなかった。落石でも、不斉地の斜面だったらひどく跳ねるものだ。ましてああいうまん丸い物体が跳ねあがらぬはずがない。なにか、生きもののような感じもしたが、そうとも思えない。合点のいかぬことだ。倉持久造さんは、われとわが胸の高鳴るのを覚えながら、そのものの正体を見届けなくては気がすまなかった。

季節は九月の初め頃で、奥地から通してある灌漑用水路には、当時はもう水を引いていなかったから、溝は空っぽになっていた。両側をコンクリートで固めて、幅も深さも五十センチほどのものである。

倉持さんは、畑から五メートルほどの急斜面を、草付きをたよりによじ登り、くだんの物体?が落ち込んだ個所から一〇メートルばかり離れた辺りに見当をつけると、用心しながら首を伸ばして用水路をのぞき込んでみた。十二分な安全圏を見計らったつもりだったのに、すぐ目の前にそのものは来ていたらしい。底を移動して来たのか――。倉持さんがのぞき込もうとしたとたん、目をやるよりも早く、つい目と鼻の先で、そいつは一本の太い棒のように伸びて、垂直にピョコーンと跳びあがった。何物だか、じっくり見届けるゆとりもなかった。

気がついたときは、倉持さんは崖下の畑に這いつくばっていたそうだ。われにもあらず夢中でわが家に走って帰ると、そのまま寝込んでしまった。恐ろしかったというよりも、不思議なおどろきでショックを受けたのと、畑までころげ落ちる途中だったか、落ちたときだか覚えはないが、したたかに腰を打って、骨がどうにかなったのだろう。きまりがわるくて医者を呼ぶ気にもなれず、動けるようになるまで我慢を通したけれど、半月ばかりかかったそうだ。

話はこれだけだが、そいつがピョコーンと跳びあがった高さは、人間の背丈ほどで、まるで黒こげの円柱を一メートルほどに切ったような形に見えたという。それがいったい何物であったのか、その時はおどろきのあまり判断もつかなかったが、後日、倉持さんは私の話を聞いて、あれはツチノコ以外の何物でもなかったと考えるようになった、ということである。

# ツチノコ騒動

昭和四十年代の後半、「ツチノコ旋風」といわれるブームが巻き起って、一世を風靡するかのような時期があった。目撃者が最も多く名乗り出たのもその頃であった。

それが漸次下火になったのは、やはり「ブーム」といわれる一時的現象だったのであろうか。情報網の普及が大いにそれを助長したのは確かだが、「竜頭蛇尾」の諺を地で行くように下火になったのは、情報のマンネリ化にマスコミが乗らなくなったのと、それにつれて、飽きやすい大衆の関心がうすれたからであろう。

昭和四十八年の春から夏にかけて、全国各地に二百数十人ものツチノコ目撃者が現れたのをピークに、その後、おかしいほど〝目撃者〟の数は減りつつある。人間が騒ぐからといって、ツチノコがそれに応えてのこのこ出現するわけではないだろう。

わずか三ヵ月のあいだに二百数十人もの目撃者が現れたという中には、ひやかしや、いたずらもずいぶん混じっていたし、誇大情報や誤認が大半を占めていたと思う。誤認はまじめな方で、獲物を呑み込んでふくれているヘビが最も多数を占め、中には夕闇にまぎれてイタチが走るのをツチノコと錯覚した例もある。

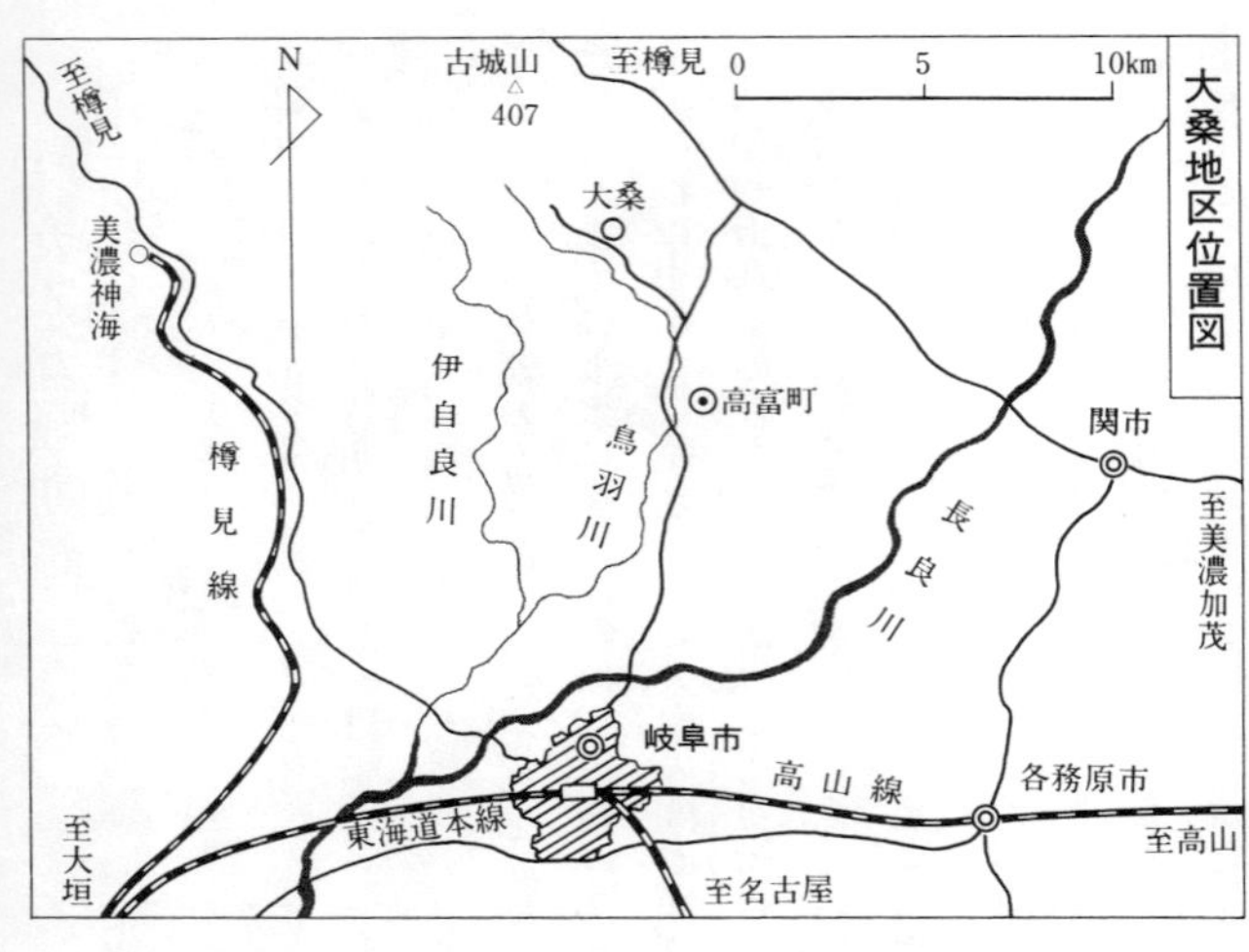


そんなところが火種になった空騒ぎが各地に起って、血眼の捜索も毎度空振りばかり続いたら、しまいにはうんざりする。確実な証拠もなく、あやふやな他人さまの目撃談をたよりに探すのだから、よほど好奇心が強くないことには続かない。

その頃（四十八年）騒がれた中に、次のような話がある。

岐阜県山県郡高富町の大桑というところは、岐阜市の北方約二〇キロの平穏な農山村である。長良川支流の伊自良川の、そのまた支流の鳥羽川の上流にあたる。

同じその年の七月下旬から八月中旬

にかけて、三週間足らずのあいだに四人の男女が、相次いで風変りなヘビに出くわしたというので、ひと頃、高富町では役場ぐるみの大騒ぎになったことがある。

大桑地区は高富町北部の低山地帯で、いくつもの小在所に分れており、ヘビは世間なみにたくさんいる。青大将、シマヘビ、ヤマカガシ、マムシなど、主な種目はひと通りそろっていて、土地人はヘビ仲間に平素から接している。珍しくもないので、これまでヘビ騒動など起ったことがないという。

騒ぎの発端になったのは、農家の主婦の宇田たか子さん（当時四七歳）が、七月末の夕方六時頃、一人で畦道の草刈りに出かけたときだ。そこは灌漑用の小川が流れていて、土手は伸びた雑草に覆われていた。たか子さんが草を刈りながら小川の方に近づくと、目の前に何やら動くものの気配がするので、身を屈めたまま顔をあげると、すぐ近くの草むらから、ヌッと鎌首をもたげるヘビ?がいた。

たか子さんは手を休めて、草刈り鎌を片手に思わず身構えた。

「わたしは若い頃、マムシに咬まれたことがあるんですよ。その時はひどい目に遭いましたね。そやから、むかってくるヘビは必ずやっつけることにしてるのですがねぇ……。あんなやつは、はじめて見ました」

「鎌首をもたげたのなら、そいつの腹は見えましたか？」

「そう、チラッとだけやったけど、蛇腹でした。普通のヘビの腹と似てたけど、幅がもっと広かったと思います」

「頭は、どんな風でした？」

「顎が張っていて、三角の形です。でも、マムシとは違いますよ。マムシなら、これまでに何度もやっつけたことあるし、ひと目で分りますよ」

たか子さんが両手で格好をつけて見せた太さは、マムシの三倍ほどもあった。マムシが鎌首をもたげたときは、警戒態勢か、襲いかかる寸前の構えである。首を後ろへS字状にひいたときが一番危ない。こちらが鎌を持っていれば、電光石火で首を刎ねられるかも知れないが、マムシが首を後ろへひいたときだったら、どちらが早いか、やってみないと分らない。

たか子さんがそのヘビ?をやっつけるつもりで、鎌を片手に身構えたとたん、そいつはスッと草むらに首をひっこめた。用心しながら、たか子さんは鎌の刃先で草むらを掻きまわして、出てきたら叩き殺してやろうと思って探したけれど、たった今、そこに隠れたはずの怪しげなヘビの姿は見つからなかった。

宇田たか子さんのその話が近隣に伝わると、それと同じようなやつに私も出遭ったという人が名乗り出た。

同じ大桑地区の竹山茂治さん（三九歳）は会社員だが、宇田たか子さんが怪しいヘビを取り逃がした日から一週間ほど前、車で帰宅する途中、路上に変なものが横たわっているのに気づいた。太短くて、平べったい、ずんぐりしたヘビまがいの動物である。

――おかしなやつがいる。はてナ？　何だろう……。

と不審に思いながら、いくらかスピードを落して近づいたが、そいつは逃げようともしない。茂治さんは一瞬ためらったが、何だかハッキリしないまま、車はアッという間にそいつの上を通りすぎてしまった。

「ひき殺した、と思って、すぐ車をとめて降りてみたんですが、その時はもういませんでした。車のどまん中にいたのですよ。どう考えてもおかしいのです。そんなに早く逃げられるわけがないし、逃げたとしても、すぐ近くにいるはずやのに、どうなったのか、わけが分らんのです」

茂治さんは〝蒸発〟した怪しげなヘビの格好を両手で示して、首をかしげながらしきりに不思議がった。べたーっとした感じで、押し潰したような格好だったし、長さよりも、幅のある太さの方が印象に強かったという。

「タイワンドジョウが一見したところ、よく似とるんですが、それと違いますか?」
念のため、私はわざと水を向けてみたが、茂治さんは言下に否定した。魚類が路上に横たわっていたら、まず死んだやつか、そうでなくとも、そんなに早く消えるはずがない。

ツチノコが跳ぶ場面を目撃したという人が、故人も含めて、私の知る範囲では四人いる。いずれも問わず語りで、意外な点が一致しているのである。太短い体をキュッと縮めて、尺取り虫のように逆U字型になると、尾部を支点にして、一直線に宙を跳んだというのだ。跳躍距離は一間位だとか、二メートル位だとか、言い方は異なるけれど、ほぼ同じところへくる。その時は、飛翔するムササビのように、体が横にひろがっていっそう平べったくなるのだと——。

次いで八月二日、萩村高夫さん（農業・六〇歳）が、茂治さんのいう場所から数百メートル離れた農道で、同じようなやつに遭遇した。高夫さんは無手のままなので、路傍の石を拾って投げつけようとしたが、石を拾う間もなく、そいつは尺取り虫のようにに身を縮めたかと思うと、ピョコンとひとっ跳びに草むらに逃げ込んだという。
「胴の長さは、二尺位（六十センチ位）あったかな……。カエルを腹いっぱいに詰め込んだようなあんばいで、ずんぐりと太かった。わしの腕よりも太かったかなー。どうしてやろかと思うたけど、見るからに薄気味が悪うて、石をぶつけてやろうと思うまに逃げられてしもうた。普通のヘビなら這いまわって逃げよるけど、そいつは跳びよったんや。ヘビがあんな真似しよるとは、この歳になるまで知らなんだ」

私の推定では、太さのわりに長すぎると思うが、ヘビの行動にしては奇怪なことばかりである。獲物を腹いっぱいに呑み込んだヘビだったら、敏捷には動かないはずだ。木の根っこや草むらに身をひそめて、じっとしているのが一般である。

四人目の目撃者、というより遭遇者は、単車でそいつを轢(ひ)いたというのである。同じ地区の大野忠吉さん（農業・七四歳）で、盆の十三日、念仏講に供える花を採りに行った帰り道だったという。出遭ったところは山道で、片方が崖になっている。

「山道やから、あんまりとばしとらなんだのやけど、ずんぐりとした尻尾のないヘビみたいなやつが、道のまん中に横たわっとるのや。ベタッとした様子で、カマボコみたいな格好やった。カマボコよりずっと大きいけどな。避けようにも道が狭いし、片方は山で、片方は崖になっとるから、へたに避けるとかえって危ないやろ。エーイと思って、突っ切ったのや。踏んづけたとき、ガクンとはなったけど、そのまま走って帰った」

という。ご老人にしてはむこう見ずな馬力がある。帰ってからそのことを家族に話したら、そいつはツチノコじゃろ、といわれて、にわかに惜しくなってきた。懸賞金もかかっているらしいと聞いて、急いで現場に取ってかえしたのだが、もうその辺にはいなかった。

吉野の奥地、川上村の三之公谷で、山鳩をくわえて渓流にもぐり込んだツチノコを、魚捕りに使っていた銛で刺そうとしたところが、とても「ぐねり強く」て、何度突いても刺せなかったという話がある。銛が利かぬぐらいだから、単車に轢かれたぐらいでは潰れないのだろうか。

盆の暑い最中、大桑地区はツチノコの評判で持ちきりになり、野良に出るものもおっかなびっくりの毎日が続いた。何しろ四人の目撃者が相次いだうえ、ツチノコは猛毒らしいから、万一の事故があっては困るというので、町当局では対策を考えねばならぬことになったのである。

「そういえば、近頃は野ウサギやタヌキが外傷もないのに死んどるのは、あれはツチノコにやられたのかも知れんぞ」

という物騒な風評まで流れて、人びとは落ちつかなくなった。

ついに町役場では〝人心安定〟のため、地方事務所に願い出て、「ツチノコ駆除に関する件につき依頼」という前代未聞の請願に及んだのだが、「ツチノコという名の害虫は対象名簿に載っていません」との理由で断られた。害虫駆除と混同されたのかも知れない。

窮余の策として、それぞれの発見個所に町費で立札を設置することになった。その文句は次の通りである。

〈是れより先で猛毒蛇を見た人あり　注意して下さい　高富町〉

さすがに〈ツチノコ〉とは書いてなかったが、猛毒蛇の傍に〈ハブ〉と但し書がしてあった。

夏のあいだ、大桑地区では寄るとさわると〝猛毒蛇〟が話題にのぼり、人心不安は秋の収穫期まで続いたが、爬虫類の冬眠期がくるころ、ようやく下火になり、翌年からこの方、目撃者はいまだに現れていない。

# 亀岡の五八寸

京都府亀岡市の郊外に住んでいた今井初造さんが、泳ぐ「ゴハッスン」を見たというのは、昭和四十二年の夏であった。その話を聞いたのは、二年ほどたってからである。当時、今井さんは八十一歳だったが、畑仕事も山仕事も、一人前にこなすほどの壮健振りであった。

亀岡周辺の山野は、何度も探検したことがある。新旧さまざまのツチノコ情報が頻出したのと、京都からはごく近い利点もあって、気軽に往来できたのである。

今井初造さんはその年（四十二年）、自分の持山へ下草刈りに行って、帰りがけに山池の脇道を通った。ひと一人がやっと歩けるぐらいの狭い裏道で、その奥に山林を持つ人が時折り仕事に通う他は、めったに人の行かぬところである。池はせいぜい二百坪位の小さな灌漑用で、ぐるりを松林に囲まれている。自然に流下する雨水と、底に湧水があるのか、透明度は好い方だが、底は見えない。

今井さんがそこを通りかかったとき、近くで「ボチャン……」と、鈍い水音がした。魚が跳ねたのかと思って、水音の方へ目をやると、里に近い方から山の手の方に向っ

て、太い水尾(みお)を曳きながら、変なものが泳ぎだしていた。はじめ今井さんは、亀だと思ったそうだ。しかし、亀にしては頭が大きいし、速度が早い。それに、亀だったら、甲羅と肢(あし)が見えるはずだ。亀が泳ぐときは、地上を歩くのと同じように、四肢を交互に動かして水を搔くものだが、そいつは尻を小刻みに左右に振るだけで、ほぼ真っすぐに進んで行く。魚でないことは、頭を水面に突き出しているのと、背中が半分ぐらい浮いて露出しているのとで判るのだが、全体の格好は、亀よりも魚に似ていた。

今井さんは不思議でならず、目の前を斜めに横切って泳ぎ去って行く変な動物に目を奪われていたが、やがてその奇態な動物は向う岸に泳ぎついた。

池の向う岸は、汀が三十センチほどの赤土の壁になって凹んでおり、その上に笹が覆いかぶさっている。泳ぎついたところで、どうなるものでもない。赤土の壁にぶつかったその動物は、岸辺に沿ってこちらの方へ曲りはじめた。今井さんは息を呑んで見つめていたが、一〇メートルほどこちらへ寄ってきた辺りに、斜めに崩れた個所があって、かなりの幅ですこし遠浅になっているところへそいつは泳ぎついた。そこで向きを変えたかと思うと、ズルズルと斜面を這いあがって、水から離れたところで停止した。

今井さんはたいそうおどろいて目を見張った。黒光りに光っているのは、濡れているせいなのか、もともとそんな光沢があるのか、とにかく漆を塗ったような感じだったという。

「ゴハッスンや！」

今井さんは、思わず口の中でつぶやいた。話には聞いていたけれど、八十になって、はじめてそれらしいやつを見たのである。ツチノコのことを、この地方ではゴハッスン（五八寸…体型を指す）と呼んでいる。

「年甲斐もなく、脚がこう、ガクガクするような気がしたで……。恐いというよりも、威厳に打たれたちゅうか、えらい物を見たような、なんともいえん気分やったなァ」

「それで?……、そのあと、そいつはどうなりましたかー」

「しばらく、じっとしとったけどなー、ぐんねりと、こう、体を波打たせるようにして、ズーと藪の中へ入って行きよった」

今井さんは手で格好をつけて、毛虫が這うような真似をして見せた。

「この辺でゴハッスンというのは、やっぱりヘビの仲間ですやろか?」

「そうやろうなァ。トカゲやカメとは、まるで違うなァ……」

「その、山池を泳いで渡ったやつが、ゴハッスンやったということ、どうして分りましたんか?」

「そらァ、この歳になるまで、いっぺんも見たことないやつやし、昔からいわれてるゴハッスンとそっくりやさかい、こいつは間違いないと思うたのや」

「そのゴハッスンちゅうやつと、普通のヘビとの違いというのは、ひと目でそれと分るもんですやろか?」

「違いはいろいろあるやろけど、いちばん目立つのは、ゴハッスンは太さがケタ違いに太いちゅうことやろな。何しろ五寸に八寸といわれるのやから、どっちみち長さよりも太さの方が目立つわけや」

「おじいさんがごらんになったやつは、どれぐらいの太さでしたか？」

縁側に腰をかけてしゃべっていた今井さんは、股引を穿いた脚をつき出して、膝から先をブラブラさせながら、

「長さも、太さも、こんなもんやったかな。わしの膝頭から、足首までぐらいのものやったと思う。こんな丸い形やのうて、もうちょっと平べったい感じやった。水からあがりよったときに気がついたのやけど、亀の尾みたいな尻尾がついとったな」

「それ、カラスヘビかヤマカガシが、カエルかネズミをいくつも呑み込んで、ふくれとったのと違いますやろか――」

私は、それまでにさんざん人からいわれたことを、自分の質問として今井さんに向けてみた。誰でもが思いつきそうな愚問である。今井さんは、せせら笑うような顔付きで、

「あんたも、こんなことをわざわざここまで聞きにくるぐらいやから、ヘビならたいがいのことは知ってると思うけど、満腹してふくれとるヘビがどんなもんか、知らんちゅうことはなかろ？　そんなもんとはわけが違う。全体に、元からそういう格好に出来ておるやつの姿やな」

と言い切った。

このあと今井さんの話は、足曳の山鳥の尾のしだり尾のように長々しく続くのである。私は同じ点を、角度をかえて何度も質してみたが、この人の目撃談はかなり確かなものであった。ゴハッスンが池面を泳ぎながら、今井さんとの距離が最も近づいたのは四メートル位。相手はこちらに気づいていたのか、知らずにいたのか、そのへんは分らないが、人間が歩くのと同じぐらいの速度で悠々と泳ぎ渡ったという。

くどいようだが、ヘビが獲物を呑み込んで満腹状態になると、その部分が風船をふくらませたように表皮が伸びて薄くなるし、消化するまでは物陰にじっとしていて、すすんで動きまわったりはしないものである。動くとしても、かなり鈍重になる。

十数年前、長野県の志賀高原で体長四十センチ、太さが牛乳瓶ほどもあるマムシが獲れたことがある。一時はツチノコに違いないといって騒がれたけれど、腹を割いてみたら、野ネズミが七匹も出てきた。尻の方に近いやつは、原形をとどめぬところまで融けていたそうである。

ツチノコは真っ黒で、無地だという人もかなり多いし、ツチノコとゴハッスンとは種類が違うという人もいたりして、話はややこしいのだが、今井さんが見たゴハッスンは、漆を塗ったように黒光りしていたという。水からあがったばかりで濡れていたせいではないかと念を押したけれど、今井さんは、濡れた光沢とは違う、と断言した。

蛇紋があったか、あっても見えなかったのか、あるいは皮下に色素が沈んでいたのか、いずれとも分明しないのである。

ゴハッスンが泳ぎ渡ったという池の所在を聞いたら、今井さんはくわしく教えてくれたが、案内するのはごめんだと言った。あれ以来、池の方へは行く気がしないので、山仕事に通うにも、池畔を避けて、回り道をしているというのであった。

それから一週間後、ノータリンクラブの連中五人と、くだんの山池を見に行った。池は思ったより小さく、松林の緑を映して不気味に静まりかえっていた。ゴハッスンが這いあがった地点というのは、今井さんから聞いていた説明でおよそ見当がついた。五人は、池畔の細逕(みち)から松林に踏み入り、ブッシュを掻き分けて、一帯を捜索したけれど、徒労に終った。

その帰り途(みち)、来たときとは反対側の方へ低い尾根を越えてくだりかけると、近くで犬の吠えるのが聞こえた。ススキがあちこちに群生していて、犬はその陰にいた。少し離れたところに人が立っていて、呼ばれると、犬はその人の傍へ走り寄った。柴犬である。近づいて会釈すると、

「どこから来られましたか？」

とその人が聞いた。三十半ばとみえる背の高い男で、作業服を着て、頑丈そうなステッキを手にしていた。京都から来た、と答えると、

「今時分、こんなところへ、何をしに来られたのですか？」

という。不審がっている様子もないが、当然、そう尋ねられてもおかしくないほど、われわれがそんな場所へ現れたのは唐突であったかも知れない。地元の人以外は、まず通ったりはしないはずの辺鄙（へんぴ）な場所である。おまけに、手に手にツチノコ捕獲用の道具や武器を持って、身装（みなり）も一見山賊まがいの、とてもそのままでは街の中を歩けぬような格好をしているのであった。怪しまれないのが不思議なくらいだ。今井初造さんから聞いた話と、例の池を見に来た帰り途であることを手短に語ると、その人は目をかがやかせて一歩踏みだして来た。そして、根掘り葉掘りその時の様子を尋ねるのである。これ以上くわしいことは、当の今井さんに直接聞いてくれというと、

「実は、この犬がねえ、この田んぼの向う側に、竹藪がありますやろ――」

その人は、山裾に長く続いている竹藪の方を指差して、

「あそこで、ひどい目に遭いましたのや。つい、半月ほど前のことです。よろしかったら、ちょっと見に来てくれませんか」

そう言いながら、先に立って歩きだした。荷車が通れる農道を回るよりも、細い畦

道をたどる方が早かった。畦道を横切ると、田んぼの端は二メートル位の土手になっていて、その下を、よく踏まれた農道が山ふところへ通じている。農道の向う側に竹藪が続いて、その背後は杉山になっているところへ出た。

「ここですよ。わしはこの辺に立っていたのです。この犬をつれて……」

農道が山の方へのびあがって行く途中で、土手と道と同じ高さになるところがある。

「そしたら、この犬がねえ、いきなり土手を駆け降りて、藪の際を山の方へ小走りにのぼりかけたかと思うと、そこのところで(とステッキで示しながら)、急に立ちどまって、藪の草むらに頭を突っ込んで吠えだしたのです。何か、獲物を見つけたときの吠え方ですよ。ウサギでも追い出すのかと思って見ていたのです——」

藪の中は、雑草が地表を覆っていた。

「あの草生えの下へ頭を突っ込んで、さかんに吠えたてるんです。ナニが出てくるかと思って、じっと見ていたのですよ。そしたらねえ、こいつが(と傍の犬を見おろして)、ピョコーンと後跳びに跳び退って、一目散に逃げだしたのです」

すぐその後から「チィーッ」というような音を立てて、ずんぐりとしたこげ茶色のヘビのような動物が追いかけて来た、というのである。その人が手で示した格好は、今井さんがいうのとそっくりで、大きさも似ていた。ただ、今井さんが見たのは真っ黒だったし、その人の記憶ではこげ茶色だったという点だけがくい違っている。

「犬が走るのと、そいつが追いかける速さと、あんまり違わんと思いましたよ。一直線に走りましたねえ。ここはゆるい下り坂ですから、犬はそちらの里の方へ逃げるし、下り坂をすべるようにして、そいつが後を追いかけました。上体が半分ぐらい、こんな風に立っていましたね。なにしろ、とっさの出来事やから、びっくりしてしもうて、こまかいとこまで見届ける余裕もなかったです。アッという間のことでした」

「この犬は、どうしました？」

「逃げきって、先に帰ってましたよ」

「その、ヘビらしいやつは？」

「藪のあの辺まで、チィーッと音を立てながら棒が走るように追いかけましたがね、鎌首を斜めにあげて……。途中から藪の中へ、スポッと隠れました。わしはすぐその後を通るのがいやな気がしてね、回り道をして帰りました」

その人が手で示した格好から考えると、ゴハッスンといわれるやつと同じもののように思えるが、上体を斜めに立てて犬を追った姿勢は、他で聞いた数件の例と共通していた。下り坂ならころがってもよさそうなものだが、話はなかなかそんなにうまくは運んでくれないのである。

「わしは去年、この近くへ引っ越してきたところです。その前は、豊中にいました」

その人の名を聞いたのだが、メモを取らなかったので、確かなことは分らない。それ以来、犬と散歩に出るときは用心のため、ステッキを持つことにしたのだという。

ゴハッスンもツチノコも、その人は聞いたことがないと言った。まったく予備知識を持たず、そういうものに関心もなかった人が、見たままの印象をのべる語り口は新鮮な感じであった。

# 薬効あらたか〝ゴハッスン〟

滋賀県には、ツチノコの呼び名が五通りある。湖北や鈴鹿山地の南部ではツチノコが一般的だが、西北部の高島郡一帯ではドテンコ、鈴鹿北部ではトックリヘビ、または五十歩蛇（この名は三重県にもある）、伊吹山の周辺と湖南地方ではゴハッスンという風に、一様でなく、二つの名が入り混じっている地方もある。

ドテンコというのは、前半身を持ちあげて左右に振り立て、腹で地面を叩くようにしながらドテンドテンと追いかけてくるという習性から名づけられたもので、非常に恐れられている。松茸狩りに行くときも、きまったように「ドテンコに気をつけろよ」といわれてきたそうだから、昔は秋になっても出没したのであろう。ドテンコが砂地を通った跡を見ると、いわゆる蛇行型ではなく、振幅の大きいジグザグの稲妻型になっているそうである。

トックリヘビは、格好が酒徳利に似ているところから即物的にそう呼んだものである。ゴハッスンは長さ五寸に胴周り八寸という意味で、丹波の亀岡市近郊にも同じ呼び名がある。これは形状よりも寸法を明示した例だが、これらをひっくるめた「ツチノコ」がクスリになるという説が滋賀県南部に伝わっている。その効用については諸説紛々としているが、これと似て、マムシの黒焼きが精力剤として売られているのだから、まんざら根拠がないわけではないのだろう。「毒になるものは薬にもなる」というから、効くとすれば、その毒性が薬効をもたらすのか。そうだとすれば、ツチノコがクスリになるといわれるのは、毒性の裏付けを物語ることにもなる。

鈴鹿峠に近い滋賀県の土山（つちやま）町は、私の郷里と同じ甲賀郡で、郡内の水口（みなくち）・石部とともに東海道五十三次の古い宿場町である。

この土山町に住む主婦の大野英子さん（六〇歳）が少女だった頃の話。外で遊んでいて怪我をしたり、腫れ物ができたりすると、家のお婆さんが戸棚の奥からヘビの皮の切れ端のようなものを大事そうに取り出してきて、患部に当ててくれたという。そして、

「ゴハッスン……ゴハッスン……」

と唱え言のようにつぶやきながら、皮の上から、指先か掌（てのひら）でさすってくれたという。すると、皮の精が効くのか、唱え言が効くのか、それとも気のせいか、とにかく不思議に痛いのが癒（なお）ったそうである。

もしもマムシに咬まれたら、そのマムシをすぐさま叩き殺して皮を剝ぎ取り、咬ま

れた傷口に貼りつけておくと、毒消しになるといわれている。咬まれたショックで、それどころではないと思うが、いつかどこかで、誰人かが実験したのだろうか。「毒をもって毒を制す」といわれるように、マムシの皮が毒消しの作用をするのか。血清と似た効力があるのかも知れない。

土山の大野英子さんは、お婆さんに貼ってもらった皮が果して本物のゴハッスン（ツチノコ）だったのか、只のヘビの皮だったのか、幼少時代のことだから確かな記憶はないという。しかし、お婆さんがやってくれた呪い（まじない）と、「ゴハッスン……ゴハッスン……」というわけの分らぬ唱え言が、今はなつかしい思い出になっていると語った。ゴハッスンは多分、猛毒で、それだけに薬効もマムシを凌ぐほどのものがあったということか——もし本物のゴハッスンの皮だったら、わざわざ「ゴハッスン……」を唱えなくとも、黙って貼っておけばよさそうなものである。ことによると、それはマムシの皮だったのかも知れず、いっそう箔をつけるために「ゴハッスン」を呪文のように唱えて、ご利益の強化を祈ったとも考えられる。竜蛇のたぐいはしばしば信仰の対象となっているからである。

ちょっと余談になるが、案山子（かかし）の一本足は蛇の象徴で、ヤマカガシと呼ぶヘビも、ヘビの古語である「カガチ」からきている、というのは吉野裕子氏（民俗学）の説である。ヘビはネズミの天敵だし、その象徴であるカカシを立てることによって、田の作物を護（まも）ろうとしたのは自然な発想であったともいえる。ゴハッスン、つまりツチノコに神秘性を与えたり、神通力があるとして畏れるのは、必ずしも毒性のためばかりではないと思える節がある。

大野英子さんの場合は、痛み止めと腫れ物退治の話だが、一方ではこういうこともあった。

やはり滋賀県で、野洲（やす）川下流の守山市に住む神田幸司さん（七八歳）が少年時代のこと。滋賀県南部で、軍隊の秋季連合演習が行われた。大正中期の頃であったという。歩兵旅団が野洲川下流の堤防を夜行軍で通過した。旅団は、連隊が二つ合同した大部隊である。その辺は三上山（みかみ）（近江富士）を指呼の間に望む景色の佳いところだが、その頃は守山も片田舎で、軍隊が通った場所は、昼でもめったに人が行かぬ淋しい松林の堤防道であった。今でも、広い自然林のまま深い木立ちをのこしているところがある。

神田幸司さんはまだ少年だったが、連日、とどろきわたる銃砲声に胸ときめかせ、遠くから兵隊が動きまわるさまを眺めていたが、軍隊が堤防を通過した翌日、近所の友だちと連れ立って野洲川へ魚釣りに行った。そして帰り途、松林の堤防道を通ることにした。そこは追剝が出るとか、狐が人を化かすとかいって、普段から村人が避けているいやなところだが、仲間がいたし、そこを通るほうが近道だったのである。

神田さんらは、前夜、軍隊が夜行軍で通ったあとに、何か落し物でもあれば拾って帰ろうという魂胆もあったそうだが、軍隊は何ひとつ落し物はしていなかった。が、無数の砲車の轍の痕に、ヘビの屍体が四つ、ころがっていた。軍靴か馬蹄に踏み殺されたのか、砲車に轢き潰されたのか、破れたチューブのようになってひしゃげている他、めぼしい物は見つからなかった。

秋の陽ざしに曝されて、無残に潰されているうちの二匹は普通のヘビで、一匹はマムシだったが、もう一匹は、神田さんらがそれまでに見たこともない太短い、ヘビのようなやつであった。まだ小学生であった神田さんは、その時の情景をいまだにハッキリ覚えているという。

「これ、なんやろか?」

「知らんなァ、こんなやつ、見たことないで……」

「ヘビやろか?……、それにしては短すぎるし、どだい、幅がありすぎるで――」

田舎の少年たちだから、毎年、目にするヘビの種類は知っているし、大きさは違ってもヘビは長いものときまっているのだが、異様に太短いやつだけは、仲間の誰も見

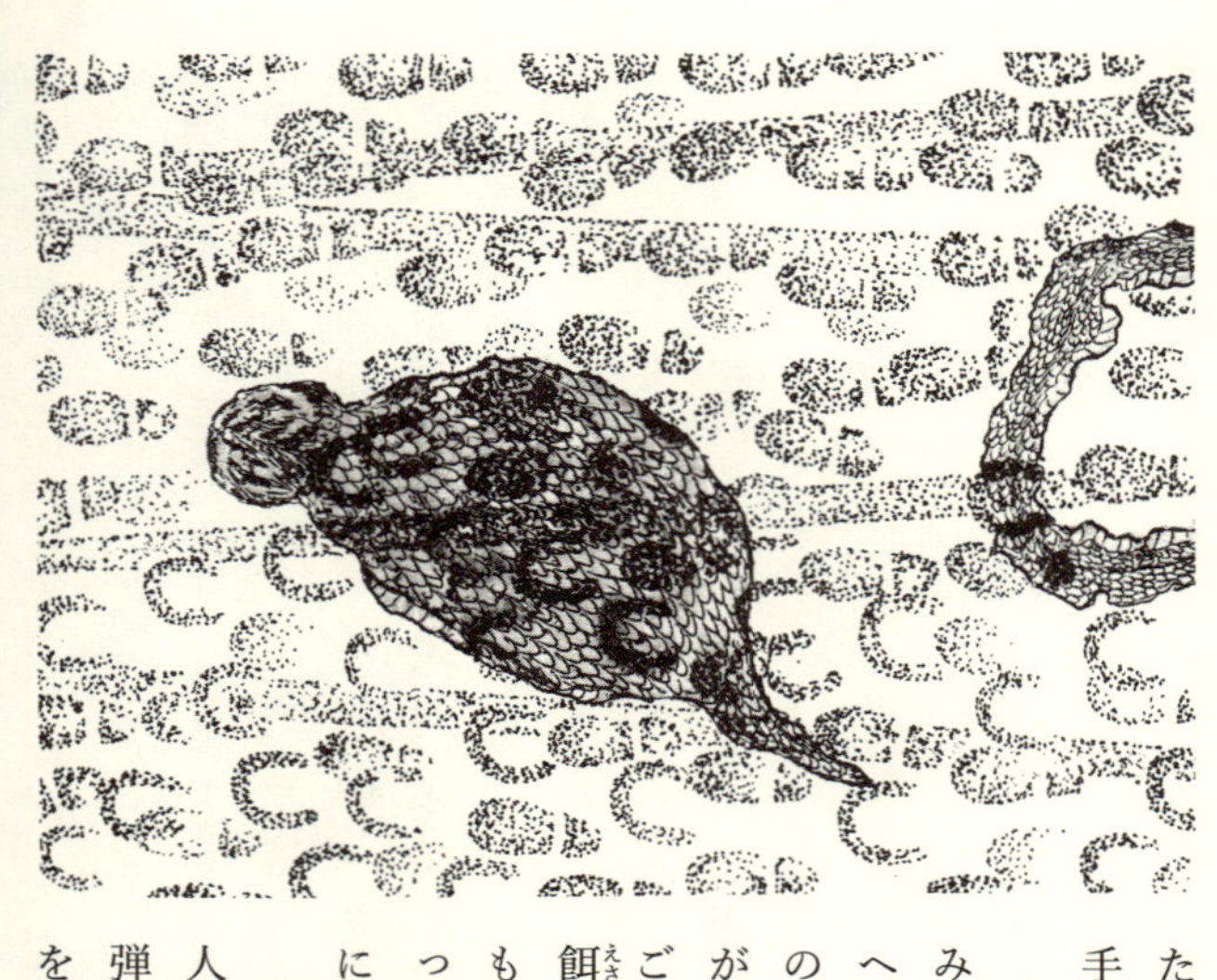

たことのないおかしな格好のヘビ?で、手拭をひろげたような形で潰れていた。
秋季演習の季節だから、夜の冷え込みは爬虫類の動きを鈍らせる。秋頃のヘビはよく肥えて、日中の快適な気温の中では元気よく動きまわるが、朝夕が冷え込むにつれていじけてくる。冬ごもりにはまだ早いし、冬眠に備えて餌も捕らねばならず、日が暮れてからも道端に出て、カエルや野ネズミを待っている。——そんなところへ、不意に軍隊が通りかかった。
歩兵旅団といえば、兵員にして五千人位はいただろう。そこへ軍馬や砲車、弾薬車等が加わるし、夜行軍には照明を用いないから、一切は暗闇の中である。逃げそこなってうろたえているところを、軍靴と馬蹄と砲車など、思いもよらぬ〝長蛇の列〟に次々と押し潰され、踏みにじられて、ペシャンコになったのであろう。

神田少年は家に帰ってから、そのことを父親に話した。とりわけ太短い、名も知らぬヘビ?のことを、両の手で格好をつけながらいうと、いつになく気色ばんだ父親は、さも惜しそうに舌打ちして、

「そいつは、ゴハッスンやないか! 勿体(もったい)ないことをしたのう。肺病のええクスリになるちゅうのに……。なんで持って帰らなんだのじゃ。もういっぺん戻って、拾うて来い」

といわれたそうだ。困ったことになった。神田さんは、いくら死んだやつでも、あんなに太いのはようつかまんというと、父親は、尻尾をつかんでぶらさげればよい、と言った。

「そやけど、べたァーとつぶれてしもうとるで……」

といって、ためらっていると、

「なんぼつぶれとっても、クスリはクスリなんじゃ。わしが行く」

父親はむつかしい顔つきでそういうと、納屋から箕(み)を持ち出してきた。箕というのは、昔の農家の常備品で、穀類の正味と不要物をあおって選り分ける農具の一つであ

る。竹か藤蔓でこしらえた物が多く、鋤簾の柄を取り去った形に似ている。父親は、潰れたゴハッスンを箕に入れて帰るつもりだったのであろう。神田さんは、ゴハッスンが死んでいる場所を教えるため、父親の後から小走りについて行った。

「あの辺や……」

現場に近づくと、神田さんは先に立って走りだした。父親がついているという安堵感があった。

「おかしいなァ、行きすぎたのかなァ……」

目を皿のようにして、行きつ戻りつしながら、神田さんは大層せつない気持になっていた。

「どうしたんや、この辺とちごうたんか？」

箕を片手に、近づいてきた父親が不審そうに尋ねた。

「この辺や。たしかに、ここのところに死んどったのや……」

ヘビとマムシは、友だちといっしょに見た場所に元通りのままあったけれど、どういうわけか、ゴハッスンだけがいなかった。

神田さんは、父親にウソをついていると思われやしないかと気が揉めて、泣きたくなるのを我慢しながらウロウロと捜し廻ったけれど、どうしても見つからなかった。

こんなはずはないと、いくら思い直して捜し歩いても徒労だった。

父親は怒りもせず、しかし多少不機嫌な様子で、なおも立ち去りかねている神田さんを促して、家路についた。

神田さんは、子供心に不可解でならなかった。あれから一時間そこそこしかたっていないし、めったに村の人も行かぬ場所なのに、どうしてあのゴハッスンだけがいなくなったのか、消えてしまったことが信じられなくて、友だちを家に呼んできた。証言してほしかったのである。

魚釣りに行った数人の仲間が神田家の土間に集まって、ゴハッスンというものに相違ないやつがたしかに潰れて死んでいたことを、口ぐちに言いたてた。

「もうええ、わかった。幸司がウソをいうたのやない。みんながいうのもほんまのことやろ。ただ、ふしぎなのはなァ、わずかな時間のうちに、いようへんようになったことや。死んどるやつが逃げるはずはないし、あんなところへ在所の者が行くはずもないとしたら、タカかトンビが目ざとく見つけて、持って行きよったのかもしれん。おかしなことがあるもんや……」

父親はそこで言葉を改めて、

「ゴハッスンちゅうのはなァ、うっかり手出しのでけん、恐いやっちゃからなァ。もしも生きとったら、傍へ寄るとあぶないぞ。足でも咬まれたら、その場ですぐに足を切り落としてしまわなんだら助からんのや。

それぐらいやから、ええクスリにもなるちゅうことや。とくに肺病によう効くそうやし、この在所にも肺病で寝とる人がおるさかいに、もしも獲れたら助かると思うて見に行ったのやが、運がなかったのや。惜しかったのう。十年に一ぺんぐらいしか見つからんヘビやそうな」

と言ったそうである。

そういえば、比良山系の南部でも、ツチノコは十年に一度しか姿を現さないのだ、という人がいた。坊村にある比良山荘の主人伊藤万治郎さん（故人）がその人で、ツチノコがいる山は火事が出ないし、附近に山火事が起っても、ツチノコが棲む山には延焼しないという説があると話してくれたことがある。ツチノコの神秘性をあがめる人たちの間に生まれた伝承なのであろう。

そのツチノコも、軍隊の前にはあっけなく昇天したうえ、遺骸も蒸発してしまったのである。

## ついに捕まったか……

る。

「これはツチノコに相違ない」――と思われる新聞の報道写真と記事の切り抜きを、ひと月ほど前から私は折々に捜しているのだが、今もって見つからないので困ってい

新聞の切り抜きに手紙を添えて送って下さったのは、福岡県嘉穂(かほ)郡穂波町の中島忠雄さん(小学校教諭)である。生物に造詣の深い人で、その前後、数回の往復文書に加えて、電話でしゃべったこともある。これは大事な手紙だからと、ひとまとめにしてしまい込んだのを、数日前、やっと見つけたところ、角型6号の封筒に手紙は入っているのだが、新聞の切り抜きだけがないのである。

「――同封のコピー、ツチノコ嘉穂町にもいる?は昭和四十八年七月八日の朝日新聞福岡県筑豊版の切り抜きです。捕えたツチノコ?は同じ頃の毎日だったかと思いますが、一寸思い出せません。(後略)」

これは中島さんの手紙の一節で、私がおどろいたのは、毎日新聞と思われる報道記事の切り抜きに出ていたツチノコの写真である。

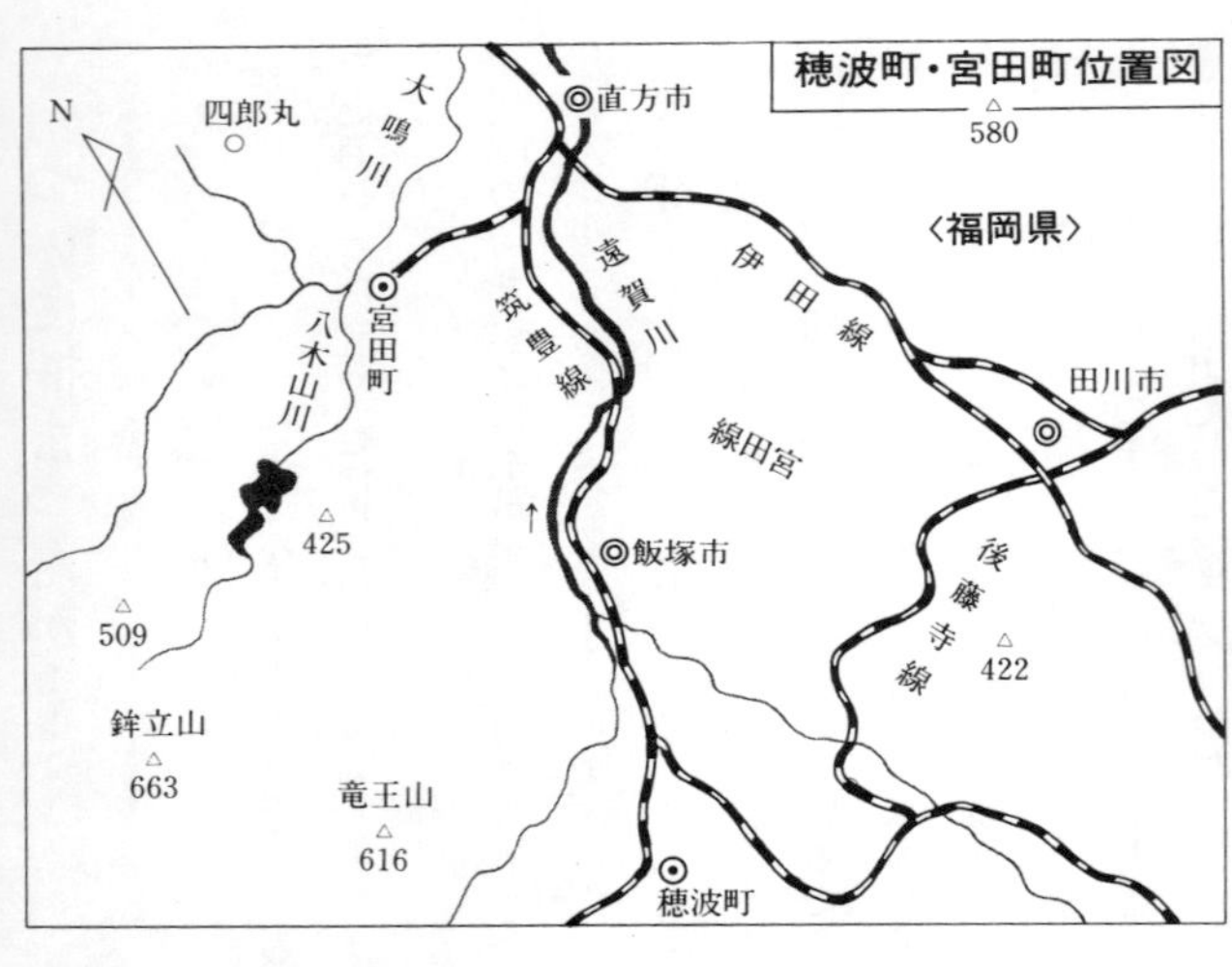


これまでにも、ツチノコをめぐるミステリアスな顚末は十数例あって、これこそまさにツチノコに相違ないと思われる事件は、不思議に最後が幽霊の足のようにかすんでしまう奇妙なジンクスがあるのだ。これもその一つで、資料は確かなのだが……。もし労をいとわず、その頃の毎日新聞福岡版を総まくりに点検することができれば、何面かの右肩に写真入りで報道されたその記事を見ることができるはずだが、今の私にはその余裕がない。仮にその記事が見つかったとしても、実物はこれまた行方不明なのである。

くだんの報道記事と写真を見たとき、それまでに接した数百例の情報の中で、

「確かさ」は特A級にランクすべき秀逸なものだと思った。当時、そのことを多数の人びとに語ったし、新聞の切り抜きも見せたので、年代と日付を除いては、記事内容をほぼ正確に覚えている。さらに現地の当事者を訪ねた中島さんからその経緯を電話でくわしく聞かせてもらったので、その一件をここに再録しておきたいと思う。（年代と日付、人名と地名が明記できない点はお許し願いたい）

直方（のおがた）市の郊外に住む川中流三さん（仮名・農業）が話の主である。年齢も思い出せないが、当時は二十代半ばぐらいだったと覚えている。その年（四十八年）の八月初旬、北九州地方に大雨が降って、遠賀（おんが）川がにわかに太くなった。直方市はこの川の中流左岸にひらけた街である。川中さんは川漁が好きなので、雨後の遠賀川を見に行った。水嵩（かさ）が増えて、格好の濁りが出ていたので、川岸近くに網を張っておいた。

翌朝、子供をつれて網を揚げに行ったところ、多種多様の仰山な魚に混じって、ヘビが数匹、網にからまって死んでいた。上流から急な出水に押し流されて来たのだろう。川中さんは、用意のバケツに魚だけ取り込んで、ヘビは河原の草むらに捨てて帰ったが、中に、一匹だけ気になるやつがいた。他のヘビは平素から見慣れたのばかりだったが、気になる一匹は、異様に太くて短くて、細い尻尾がチョロリと出ている変てこなやつであった。そいつが、網の目に頭を突っ込んで死んでいたのである。

それから数日後の夕飯時、ふと思い出して、川中流三さんはそのことを家族に話した。川から帰ってすぐそれをいうと、ヘビといっしょに網にかかっていた魚は嫌われると思ったのか、とにかく言い忘れていたのである。すると、その話を聞いていた六十すぎの父親が、急に気色ばんで、

「そいつは、きっとコウガイヒラクチに違いない。場所はどの辺か？　いったいどこへ捨てたのか？」

とたたみかけてきたので、流三さんは面くらった。気にはなっていたけれど、さしたる関心もなかったからである。

コウガイヒラクチというのは直方地方の方言で、ツチノコ（これも方言）のことである。この地方では「ツツ」（筒）ともいわれている。既述の通りコウガイは「笄」の字で、髪掻きの変化した語だといわれ、元が平たく末を細くした髪飾りの具。ヒラクチは「平口」で、これもマムシの方言である。マムシは他のヘビよりも頭が平べったいからこの別称がある。コウガイヒラクチはこの二つを合せた二次語で、マムシとは別の猛毒蛇だといわれ、略して「コウガイ」とも呼ばれている。ツツもコロガリも九州北部に流布していて、その分布界はさだかでない。

父親に督促された流三さんは、網を仕掛けておいた場所へ案内した。平水に戻った

河原は、水が引いたあと、雑草が泥をかぶって下流の方へ寝ていたが、その辺を掻き分けて捜すと、捨てられたヘビどもはほとんど腐爛状態で見つかった。

その中に、流三さんが奇形のヘビだと思っていたコウガイ（コロガリ）もいたのである。が、ひと晩、水浸しで網に揉まれたあげく、数日間、夏の直射日光に照りつけられて、破れ果てた皮の一部と骨だけが、干からびた状態でのこっていた。それでもとにかく、たぐい稀れな、珍重すべき物件だったのである。

川中さんの家に持ち帰られたコロガリの残骸を、毎日新聞社から取材に来たのはその翌日だったのであろう。日付は多分、八月六日の夕刊であったような記憶がある。中島忠雄さんから送られてきたその報道写真を一見したとき、

「ああ、ついに捕まったか――」

と思った。一九五五年八月下旬、京都北山の栗夜叉谷(くらしゃ)で私が遭遇したツチノコと、まったく瓜二つの体型だったのである。

カラ騒ぎに明け暮れたツチノコ騒動にうんざりしたあげく、たいがいの情報には食傷気味になり、ほとんど興ざめしていた頃だったのに、その新聞写真を見たとき、なつかしさに似た、玄妙不可思議な感慨が湧いた。たとえ骨と皮だけにしろ、その形態はまぎれもなく私が見たツチノコとそっくりだったからである。十数年振りで、あの

時のツチノコの変り果てた姿に接したような気がしたのだが、骨骼の構造が他のヘビとはまるで違う点も新しい知見の一つであった。頭部の付根から尾部にかけて、脊椎が二本張りに岐れているように見えるのが最大の特徴で、それが異様に太短い体形の秘密かと思わせた。そのことについては後で触れることにする。

私は早速、新聞の切り抜きを送って下さった中島教諭に手紙を出した。「――謝礼は先方の言いなりにさせてもらうから、そのコロガリの亡骸をゆずって下さるように斡旋して頂きたい……」――およそ右のような趣旨であった。

数日後、中島教諭から電話がかかってきた。私の手紙を見て、すぐに川中家へ行って下さったそうである。ところが……、

「もう、ないのですよ。あの新聞をどこで見たのか、どこかで聞いたのでしょうか、さっそく東京の学生が訪ねて来たそうです。例のツチノコを頒けてくれと言って……」

「――で、川中さんは、そいつを学生に売ったのですか？」

「いえ、くれてやったのですと……。親父さんというのは、なかなかのお人好しでしてねえ。東京からわざわざ筑紫のくにまで、高い汽車賃つかって来たのだし、研究のためなら、というんで、あっさりとやってしまったそうなんです。タダで……」

「――東京のどの辺の人なのか、わかるでしょうか？」

「それがわからないんです。住所も名前も聞かずにやってしまったんですね。わかっているのは、東京から来た学生、ということだけです」

それ以上は追及のしようがないまま、コロガリは依然として行方不明である。東京のどこかに、その亡骸があることは確かなのだが……。

同じく福岡県鞍手(くらて)郡宮田町の四郎丸というところで、今は京都府向日(むこう)市に住む小西義昭さんが、少年の頃、アケビを採りに行ってコロガリを叩き殺したことがある。そこはヒラクチ谷といって、マムシが多いところからこの名があるそうだ。ヘビが多いために蛇谷と呼ばれるところは各地にあるが、ヒラクチ谷と銘打ったのは珍しい。ここにはアケビもたくさん自生するので、小西さんは小学三年生のとき、アケビを採りにこの谷へ入って、遭遇したのがこのくせもののヘビであった。

じめじめとした湿地にいるそのヘビを目にしたとき、あんまり不細工な姿をしているので、マムシの奇形かと思ったそうだ。小西さんはすばやく両手に川原の石を拾うと、力いっぱいに投げつけた。すると、まるでコブラのようにプーッと頭をふくらませ、キリキリと背中を三角状に立てて怒ったので、手当り次第に足もとの石を拾って叩きつけるうち、急所に命中したとみえて、ぐったりと動かなくなった。それまで三角になって怒っていたやつが、元の扁平な丸味の胴に戻ったのは、昇天したのであった。

小西さんは、そいつの尻尾をつまんで、ぶらさげて帰った。胴の直径は一寸五分(四・五センチ)、長さは一尺(三十センチ)ほどで、まだ成長していない幼型だったと思う、ということである。アケビが熟す頃には、マムシはすでに出産をすませているから、子持ちマムシではなかったのだろう。ブラブラさせながらそいつを家へ持ち帰ったところ、お母さんからひどく叱られたそうである。

「あの時ほど、母からこっぴどく叱られたことはありませんでした。それはもう、尋

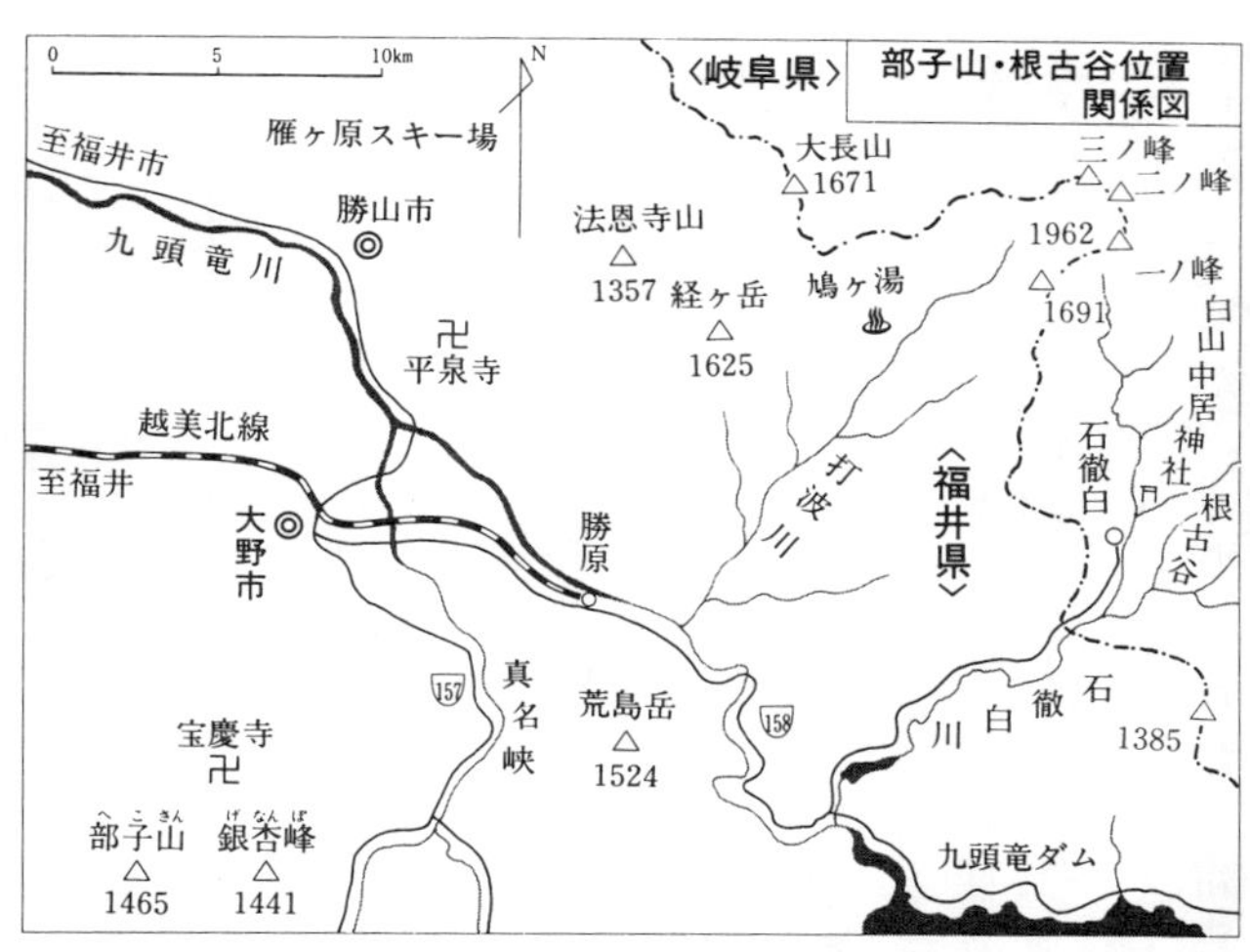


常の叱り方ではなかったです……。おまえは、よくもこんなヘビに立ちむかって無事に帰って来られたもんだ。こいつはこどもだからよかったものの、おとなは丸太棒のように大きくなる。普通のヘビは鎌首をもたげて獲物を追うが、こいつは太短くてそれができないかわりに、いきなり跳びかかってくる。〝コロガリ〟といって、一番こわいやつだ。こんどから、もしもこいつを見たら、たとえ相手があちらを向いていても、けっして手出しをしてはならない。一目散に逃げて帰れ。――というのがその時の母のきつい戒めでした」

ここで小西さんの母堂が「コロガ

リ」といわれたことは、きわめて暗示的で、興味が持たれる。この地方でマムシとコロガリを別のものとして分けているのは、形状と習性が異なるからである。その違いを、私は毎日新聞の写真を見て、骨格構造の異様な点に気づいた。

もう二十年ほど前のことだが、九頭竜ダムの建設が始まったころ、石徹白川上流の根古谷で、上村重馬さんの山番をしていた人が、ツチノコに出くわして、山刀で叩き殺した事件があった。後日、その報告を聞いた上村さんが珍しがって、事の真否を確かめるため、わざわざ現場へ見届けに行ったところ、聞いた通り、根古谷の奥の大淵に沿った藪の中に、すでに白骨化したツチノコらしいものの遺骸がころがっているのを発見した。上村さんの話によると、竹籠のように丸い格好で、背骨が二本張りに岐れていたという。それを聞いた私どもの仲間が探しに行ったときは、洪水の後で、藪はなぎ倒され、大淵は土砂に埋まって、何も発見できなかった。

越美山地では、ツチノコをコロと呼んで恐れる風がある。ころがる習性からきた名だといわれるが、ころがる場合、二本の背骨が有効に働くのだろうか。背骨が二本あるということ自体、まことに奇怪な話である。

越前大野の西南部にある部子山へワラビを採りに行った地元の古老が、コロに出くわして逃げ帰ったというので、その話を聞きに行ったことがある。場所は宝慶寺の裏山であった。老人は縁起をかついで、なかなか口をきいてくれなかったが、一つだけ、面白いことを言った。

「そうじゃ、コロという名の通り、コロコロしとって、名前は愛くるしいけどな、なんのなんの、とても無気味なもんや。形かい？　そうじゃなァ……、まあ、リンゲルの注射器みたいな格好しとったわ」

# 南半球のツチノコ

東京医科歯科大学の教授に梅原千治という人がいた。

梅原教授は、先年亡くなられたが、お元気だった頃、ツチノコを介して私とはその方で交流があった間柄である。この人の話は具体的で、なかなか面白い。

もう十年以上前になるが、NHKの「スポットライト」というTV番組で、永六輔さんとツチノコを材料に対談したことがある。夜七時三十分に始まる視聴率の高い番組であった。ツチノコブームの全盛期だったから、放映後の数日間というものは、殺到する電話と手紙で、わが家はキリキリ舞いの忙しさを呈した。夜泣峠に近い栗夜叉谷で遭遇したのは、草深い真夏の昼さがりだったが、ほんのいっときのあの出遭いが、こんな大騒ぎの発端になろうとは夢想もしなかったことである。

「東京医科歯科大学医学部附属病院」と刷った封筒の下に「梅原千治」の署名入りで、分厚い手紙が届いたのはその頃であった。

「――先日のNHKテレビでツチノコの番組を拝見しました。近頃のテレビ番組にはろくなものがないので、ニュースを聞いた後、例によって、またおめでたい国のくだらぬ馬鹿騒ぎが始まるのかと、苦々しい思いで舌打ちしながらスイッチを切ろうとして手をのばしたのです。その途端、永六輔さんが手にした怪しげなヘビの模型がクローズアップで映し出されたのです。オヤ!?とおどろいて、あわてて手を引っこめると、私はとうとう終りまであの番組に吸いつけられたのです。わが祖国日本にも、こいつがいたのかと――」

こういう書き出しに始まる梅原千治さんの手紙は、奇抜な回想を展開してゆく。同じ年代を生きてきた者同士の感情的な共鳴もあったせいか、その後、数度におよぶ手紙と電話のやりとりがあって、やがて、梅原教授自らNHKラジオの「趣味の時間」に登場してもらうという筋に発展したわけだが、そのあらすじというのがふるっている。

――私は、ツチノコを食べました。ツチノコは日本だけでなく、南半球にもいるのです。ことによると、あれは南半球が本場であって、わが日本はその北限であるのかも知れません。――

ということなのである。話を取りまとめて要約すると、次のようなことである。

梅原さんは第二次大戦中、軍医将校として南方派遣軍に配属し、ニューギニアの奥地で敗戦を迎えた。兵員の大多数は戦死か戦病死で、残りの部隊はバラバラに孤立し、弾薬も食糧も尽き果てて、ヘビやカエルはもちろんのこと、食えるものならなんでも捕って食うという窮乏生活が続いた。

ある日、梅原さんは、当番兵の軍曹と二人で、日課になっている食べ物の探索に出かけた。軍曹の当番兵というのは実はおかしいので、これは変則である。将校当番は普通、一等兵がやることになっているのだが、何しろ敗残の小部隊で、しかも散りぢりになっていたので、兵隊がほとんどいなかった。一等兵がいなければ、二等兵か上等兵が当番になるのだが、それもおらず、その上級の兵長も伍長もいないとなると、中堅下士官の軍曹がやるしかない。将校当番としては破格である。階級序列の厳格だった帝国陸軍も、敗残の小部隊となって困苦欠乏のどん底に陥ると、生き延びるために階級を超えて、友人のような親しさと遠慮のなさで結ばれていた。

食糧狩りの領域は、野営地から日に日に遠くなって、そろそろ拠点を移動しなければならぬ時分だったので、その日も例によって、かなり離れたところまでジャングルを掻き分けて足を延ばした。

方角もさだかでない熱帯林を彷徨するうち、じめじめとした湿地帯があって、そこを踏み越えると、チロチロとせせらぎの音が聞こえてきた。つる草のからむ薄暗い樹林を抜けたところで、小さな流れのほとりに出た。透きとおったきれいな水が爽やかな音を立てている。二人はそこへしゃがみ込んで、渇いた咽をうるおした。

ひと息ついて立ちあがった軍曹が、

「軍医どの！　変なやつがいますよ。アレ、なんでしょう？」

と小声でささやくようにいって、下流の方を指差した。

「ン……？」

軍曹の視線と指先をたどってそちらに目をやると、一〇メートルほど下流の水際に近い砂地に、べったりとした格好の、トカゲのような動物が這いつくばっていた。

「アレ、なんでしょう？」

「ハテ、なんだろう？」

二人は同じことをつぶやいて、顔を見合せた。食糧としてはなかなかの分量である。これは大したご馳走だ。食うことに命をかけているときだったから、二人は一も二もなく、そいつを捕って食うことにした。

同時に、二人は下駄をぬいで裸足になった。足音を立てぬための用心である。軍靴はとっくに破れてダメになり、物資の補給はまるっきりつかず、修理もきかないので、軍曹がゴボウ剣で木をくり抜いてこしらえた手製の下駄を履いていた。相当に重いものだったが、鼻緒はつる草を幾重にもひねり合せた頑丈な造りである。

「自分にまかせといて下さい」

軍曹は下駄を両手にぶらさげると、怪しい動物の背後へ回り込むように、足音をしのばせて近づいた。梅原さんは軍刀を、軍曹はゴボウ剣を腰に吊っている。それが唯一の武器であった。梅原さんも、まさかの時は軍刀を抜いて応援するつもりで、姿勢を屈(かが)め、息をころして軍曹の後についた。

あと三メートル、といった辺りに接近したとき、それまで静止したままだった怪しい動物が、くねくねと動いた。二人は思わず足をとめた。よく見ると、四肢がない。はじめはトカゲの仲間かと思ったのだが、四肢がないところをみると、ヘビだろうか。それにしては太すぎた。人間の太腿に近いと思えるほどの太さがあって、そのわりには長さが一メートルに足りないし、ずんぐりと異様に太短い胴の尻には、極度に退化したという感じの細い尻尾がチョロリと出ていた。ウロコの状態からみても、やっぱりヘビに違いない。

「毒蛇かも知れんぞ。気をつけろよ……」

梅原さんは、息を吐くような低い声で警告した。南方圏では、ニシキヘビやボアなどの大蛇の他は、ヘビと見たら毒蛇と思って間違いない。軍曹は腰をおとして、アヒルのような格好で背後からしのび寄ると、呼吸を計って、右手の下駄を大きく振りかぶった。

その時、怪しげなヘビはまたくねくねと、胴をゆするように動いて右へ旋回しかけた。そこをすかさず、軍曹の下駄が電光石火に振りおろされた。息を呑む一瞬の早技であった。鈍い音を立てて、下駄はヘビの首のあたりを押え込んでいた。

「やった！」

梅原さんは駆け寄って、軍曹の傍からそいつをのぞき込んだ。ヘビはもがくように体をよじらせて、バタン、バタンと二、三度、腹で地面を叩くような真似をしたが、それっきり、ぐったりと動かなくなった。急所を叩きつけられたのか、脳の中枢でもやられたのか、意外にもあっさりと昇天したのであった。

よく見ると、下駄の歯に首のあたりを叩きすえられて、歯と歯の間の溝にすっぽりとはまり込んだまま、あっけなく息絶えたそのヘビは、体長九十センチ位、胴の周りは一升瓶ほどの太さであった。下駄の歯の溝は十センチ幅位だったが、力まかせに叩きつけた弾みで、ヘビの急所？がうまくそこへ挟み込まれたようなあんばいになっていたのである。

これで一日分の食糧が確保できた――と、二人は大よろこびでそいつを持ち帰って、皮を剝ぎ、ブツ切りにして、焚火で焼いた。意外と脂っこくて、すぐに満腹したので、半分は翌日にのこした。

「結局、一度には食べきれず、二人で二日分の食糧になったのです。太さは、成長したニシキヘビほどもありましたがねえ。奇形かと思うほど、太さに似合わず短くて、不格好なやつでした。——先日、テレビのあの番組が始まったとき、すんでのところでスイッチを切ろうとしたのですが、永六輔さんが手にしたツチノコの模型が大写しになったでしょう。あれを目にしたとたん、ドキッとして、あ、こいつだ！　と思わず口の中で叫んだのです。昔、ニューギニアのジャングルで食べたのがあれとそっくりのやつでしてねえ……。わたしが言いたいのは、日本にもこいつがいたのか、というおどろきだったのです。——ニューギニアのやつは、あの模型の三倍ほども大きかったと思います。日本では大蛇がなかなか育たないのといっしょで、ツチノコも巨大化し難いのでしょうか……」

「そうだと思いますが、例外的に一メートル級のやつが捕れた話もあるのですよ。で、食べた味は、いかがでしたか」

「結構、うまいものだと思いましたよ。餓鬼になっていたせいかも知れませんがね。調味料なんか、何ひとつないでしょう。だから素焼きのままですよ。食べながら軍曹と言い合ったのですが、ニワトリのモモ肉をかじってるような感じでしたねえ。……

ツチノコという名は、テレビではじめて知ったのですが、あれは日本の特産じゃなくて、南半球にもいるんですね。わたしはそいつを食べた証人として、お知らせ申しあげた次第なんです」

梅原さんは、電話の向うでそう言った。

この話を、私は要約して東京渋谷のＮＨＫに通報した。ツチノコブームが盛りあがっていた最中の頃である。

それから間もなく、ラジオ番組の「趣味の時間」に梅原千治氏が登場することになった。梅原さんはここに紹介したのとほぼ同じ内容を、淡々とした静かな口調で歯切れよく語ったあと、最後を次のように結んだ。

「——ツチノコを捕まえるために、さまざまな武器や道具が工夫されているようですが、わたくしは、下駄が一番よいと思うのであります」

# フィナーレ

ツチノコに関するさまざまな知識が世間にひろまったのは、昭和四十年代の後半から数年の間であったと思う。その頃、ブームに乗ったツチノコの偽情報がしきりに舞い込んだ。「ツチノコらしい動物を見た」とか「どこそこで出遭ったヘビはツチノコに相違ない」といったような、信憑性のあやしい情報は無数にあった。一応は耳を傾けてみるのだが、情報の提供者が、テレビや新聞で得た予備知識をつけ加えて語るから、話が出来すぎていたり、共通したパターンがあって、話半ばで失望する場合が多かった。

やがて情報にランクが生じて、AからCまでの三等級に類別することになった。Aはその情報をもとに、現地へ探検に出向く価値のあるもの。Bは再検討に価するもの。Cは取るに足らないもの。結局、C級が八割方を占めたのは請け売りやデッチあげが多かったということになる。長くやっていると、こちらにも情報整理の経験と勘が育ってくるから、ふるい分けがうまくなるのである。

そうしてできたA級情報の中で、磨きぬいた私の眼識にピタリとくるA級のA、つまり特A級の情報があった。人名を明かすと差し障りがあるので、仮名にすることを許されたい。ツチノコにまつわる〝事件〟については、とかく人名の公表を憚らねばならぬ性質のものが時として生じるのである。

仮に、京都は左京区の大原ということにしておく。三千院の近くに住む谷本松次郎さんは、山林業の傍ら畑仕事もやっていて、その合間に榊（サカキ）や樒（シキミ）を採集して、業者に卸す仕事も兼ねている。七十をちょっとすぎた歳だが、真冬を除いては、山に入る機会がきわめて多い。

この松次郎さんがいつも行く山で、両三度にわたってツチノコに遭遇した。場所はほぼきまっていて、三千院から二キロほど奥へ入った山の中腹である。季節はワラビが出る頃で、それも陽あたりのよい南斜面だという。一度は「の」の字型に輪をかいて、日向ぼっこをしていた。普通のヘビとちがって太短いから、渦状のとぐろが巻けないので、「の」字型のように不細工な輪をかくのだそうである。犬や猫が丸くなって寝るときの、あの姿に似ているという。その辺りは、比叡山から北寄りの低山帯である。

「マムシなら、いくらでも捕ってやるけどなァ、あいつだけはかなわんで……。たとえ百万円やるからといわれても、とても手出しする気にはなれん。傍へ近寄るのさえ

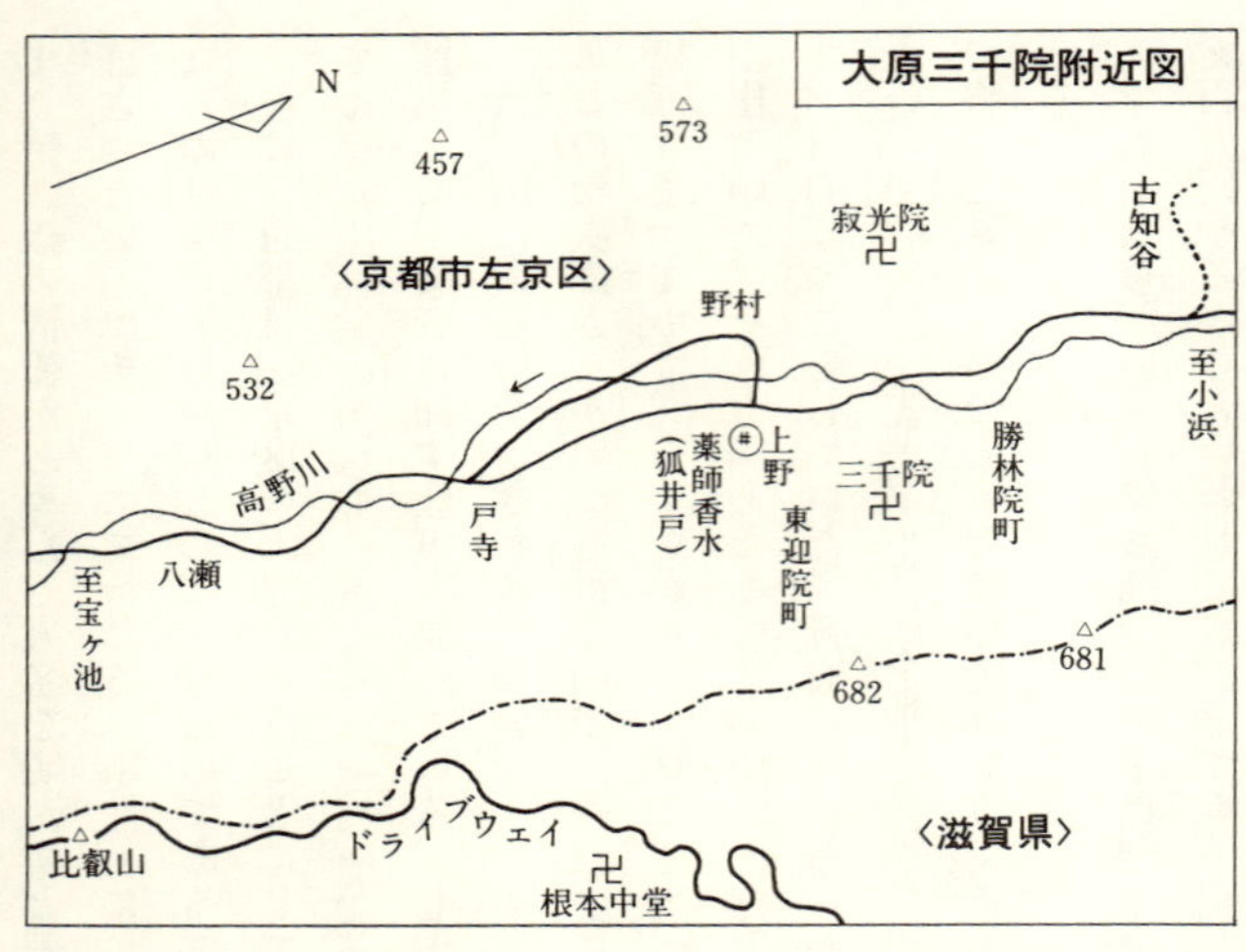


気味悪いで……」

この話は、信頼すべき人から間接に聞いたのである。松次郎さんは、毎年のようにマムシを何匹も捕って帰って、焼酎漬けにしたり、皮を剝いで軒先に干したりしているそうだが、ツチノコだけはかんべんしてくれという。

「捕まえる勇気のある人がいたら、いつでも現地へ案内はする。しかし、捕獲を手伝うのはいやだ。いっしょに行くとしても、あんまり大勢でくり出すのはいかんから、せいぜい五、六人がよかろう。ワラビの季節が一番見つかりやすいから、その時分に前もっていうてくれたら、場所を教えてやってもよい。早いこと捕まえてもらうほうが安心して山へ入れるから、いつでも案内する」

という私への伝言も聞いた。谷本松次郎さんが最初にそいつを見つけたときは、ヤマドリがうずくまっているのかと思ったそうである。胴が異様に太くて、ウロコがあらく（羽の模様が大きいウロコに見えた）、ずんぐりとしているので、足音をしのばせて近寄って見ると、それはヤマドリではなく、奇怪な姿のヘビ？であった。昔から京都の北山でツチノコと呼ばれて恐れられているのは、こいつに違いないと思った。（とっさにヤマドリと見違えたという人は他にもいる）

三度にわたって出くわしたという場所は、少しずつ離れてはいるが、いつも通る同じ山の南斜面だから、下草が伸びる前だったら、捜すのにさしたる手間はかからぬだろうということである。それなら、ワラビの季節が好いわけだ。おまけに、松次郎さんの奥さんも、大原の奥の古知谷（こち）の山で、同じやつに出遭ったことがあるそうだ。二人の語り口を個別に聞くと、まったく同類に違いないということである。

この話を伝えてくれた信頼すべき知人は、松次郎さんの住所と電話番号を教えてくれた。それは昭和五十一年の晩秋の頃であった。翌五十二年は巳年である。これは縁起が好い。来年の五月には、是非とも谷本さんに依頼して、大々的に山狩りをしようと決心した。

それまでに、私どものノータリンクラブでは、公式の探検が三十数回、小人数のグループで任意に出向いた探検は百八十回を超えていた。公式の探検というのは、クラブの全員が出動して、テレビ局、新聞社、雑誌社などが取材と報道をかねて同行するか、または目撃者、ないし情報提供者を含む地元の有志も参加する、いわば〝公開捜査〟である。任意の探検は、そのついでにアマゴかイワナ釣りもするという〝二足草鞋(わらじ)〟の企画であって、情報価値がA級ともB級とも決めかねる場合にしばしばこの手段を採った。どっちつかずになりがちだが、探検が空振りになっても、溪魚釣りで徒労を補うたのしみがある。

谷本松次郎さんに案内を願って、五月がきたら連休の数日間を、公式探検に当てよう。連日、人海戦術でシラミつぶしに附近の山を探し廻ったら、今度こそはツチノコ捕獲の宿願が果せるだろう。それにつけても、報道陣が加わると、騒ぎが大きくなるばかりで実効が伴わないから、内密にしておいて、捕まったら、テレビはゴールデンアワーで一時間、新聞は二ページ見開きの大特集という条件で公開することにしようではないか。——年末にクラブ員が集まったとき、早くもそんな相談が煮えた。

年が明けて、まだ春寒の頃、東京のある新聞社から若い記者が訪ねて来た。

「この春は巳年にちなんで、わが社ではツチノコの特集を組むことになりました。つきましては、次長が、まず京都の山本さんをお訪ねして、最近のツチノコ情報を教えてもらって来いと申しますので――」

という口上である。

「そら、ええとこへ来たなァ。実は、京都の大原に、こんな熱い話があるのや――」

と、谷本松次郎の一件を語って、そこへ取材に行け、と私はすすめた。若い記者君は目をかがやかせて聞いていたが、

「それは願ってもないありがたい仰せですが、せっかくノータリンクラブが探検を予定しておられるのに、こんな好い話を新聞が先取りしても、かまわないのですか？」

と遠慮がちにいうので、

「それは、ちっともかまわんよ。こちらはそいつを捕まえに行くのやし、あんたとこは新聞に書くだけやろ。そのためにわざわざ東京から来たのやから、遠慮はいらん。先に行きなさいよ」

私は、谷本松次郎さんの住所と電話番号を教え、順路の概略をメモして渡した。記者君は大いによろこんで、

「お訪ねした甲斐がありました。帰りにはご報告に寄ります」

几帳面にそういうと、勇躍して出かけた。五月に予定している現地の探検を控えて、私はその記者君からさらにくわしい情報が聞けることになったわけである。

翌日の午後、その記者君はしょんぼりと舞い戻って来た。報告に寄ったというよりは、肩を落して立ち戻ったという感じである。いかにも元気がない。玄関に立ったまま、あがろうともしないのだ。

「どうやったかねー」

と尋ねると

「それが……、せっかく教えてもらって、谷本さんにも、奥さんにもお会いできたのですが……」

「それはよかった。で、話は聞いたの？」

「ええ、実にくわしく教えてもらいました。だいたい、山本さんからお聞きした通りの話でして、その目撃談はさすがにすごい迫力があって、とてもよかったのですが……」

「ふーん、それにしては、元気がないね。ツチノコの毒気にでもあてられたのかね？」

「いや、実は、現地でさきに民宿をたのんでおいて、日が暮れるまで谷本さんのお宅で話を伺ったのです。とても歓迎して下さいました。そして宿へ戻って、風呂からあがったところへね、宿のお爺さんが出先から帰ってきて、宿帳を見てるんですよ。そして、あんた、東京の新聞社か。今どき、こんなところへナニをしに来たのや、と尋ねるのです。ぼくは、この奥の谷本松次郎さんにツチノコの話を聞きに来たのです。三度も出遭ったそうですね。と言ったら、なにィ？　松次郎がツチノコに出遭うたァ？　前々からそんなことをいうとるけど、あんなやつの話を聞いて、どうするつもりや、といわれますから、記事にするためです、と申しましたら、爺さんが言いますには、あいつは大原一の大ウソつきで有名なのじゃ。ホラ松というて、若い頃からウソつきで鳴らしとる。わしら、これまでにもなんぼ騙されたか知れん。広い大原でも、あいつのいうことなんかまともに信じるやつは一人もおらんのに、ホラ松のいうことなんぞ真に受けて記事にしたら、新聞社の信用にかかわるぞ。やめとけやめとけ、というのです」

「へーえ、そら、ガッカリするなァ。しかし、奥さんも古知谷で見たというやないの？」

「そうです。奥さんから聞いた話もしたのです。そしたら、宿の爺さんは、ホラ松の女房は、亭主に輪をかけたようなウソつきの名人じゃ。あそこの家は夫婦そろってホラ吹きで名が通っとるから、あんなやつらのいうことを新聞に書いたらいかん、沽券にかかわるぞ、といわれたのです」

「そうかァ、そら、残念やったなァ。——しかしね、あんた、ロッキード事件の取材に来たのとちがうやろ。政治問題や刑事事件なら、双方の言い分をよく聞かねばならんけど、肝腎なのはツチノコや。ホラ松っさんはウソつきで通ってるか知らんけど、松っさんがツチノコを見たのはウソやというのは、いったい誰が証明するのや？　それが本当やったとしても、証人はおらへんやないか。問題は、松っさんの目撃談を信じるか、信じないかというだけのことや。せっかく東京からやって来て、このましょんぼり帰るつもりかねえ。大事なのは、ホラ松っさんのいうことを信じるか、民宿の爺さんがいうことを取りあげるか、二つに一つやで……。そこはあんたが決めたらええのや」

記者君の顔に微笑が浮かんだ。私がツチノコに出遭ったときのことを、いくらくどくど説明しても信じない人がいる。だが、それがウソでないことは私だけが知っているのだ。

それから一週間ほど後、半ページ大のツチノコ特集が組まれ、谷本松次郎さん御夫妻の〝迫力に満ちた〟談話とともに、麗々しく写真入りで掲載した新聞が送られてきた。

けれども、私はその年の五月に予定していたクラブをあげての現地捜索も、その後の探検もやめることにした。

# 山里夢幻

# 志明院の怪

京都の加茂川上流の雲ヶ畑は、戸数約八十戸、明治以前から、戸数も人口も目立った増減がなく、一ノ瀬から奥の出谷まで、川沿いに昔風の人家が点在している。岩屋山志明院は、雲ヶ畑の奥にある。開基は古く、平安密教の興隆期にさかのぼるが、先代の住職は、田中良順という真言密教の行者で、一風変った傑僧であった。滋賀県甲賀郡甲南町の出身で、私にとっては同郷の先輩だったところから、昵懇の間柄であったが、二十年ほど前、七十五歳で遷化した。以来、志明院は権威が失墜したかに見えるが、良順師が健在だった頃は、さまざまな怪異現象があって、物の怪が棲むといわれていた。志明院は、一般には岩屋不動として知られている。

昭和三十六年（一九六一）の『旅』十月号に、司馬遼太郎氏が〈雲ヶ畑という妖怪部落〉と題して、この寺の茶室で泊めてもらったときの体験を書いている。寝につくや、三方の障子が不意にガタガタと鳴りだして、とても寝ていられない。地震でも突風でもないのに、障子だけが激しく音を立てて揺れるのである。障子を開けて縁側に出てみると、誰もいない。小首をかしげて寝床に戻ると、また鳴りだす。

いつまでもそのくり返しが続くので、たまらなくなって障子を開け放しておくと、今度は屋根が鳴りだす。小童（こわっぱ）が屋根に登って四股（しこ）を踏んでいるように、ドスン……ドスン……と響くのである。姿を見た人は誰もいない。司馬さんは、若い写真家と二人連れだったが、姿を見せぬ妖怪は、ついに一睡もさせてくれなかったという。「信じられないなら行って見よ」と司馬さんは書いているが、それはまさしく事実であって、同様の経験をした人は他にも大勢いる。私もその一人だ。

私が泊った夜は、障子は鳴らなかったが、寝ようとすると、枕元の障子がスーと開く。誰かがのぞきに来たのかと思って、そちらに目を凝らしていると、また静かにスーと閉まる。こわごわ這いだして行って、そっと障子を開けてみるが、誰もいない。やれやれと思って床に入ると、またスーと開く。とても落ちついて眠れるものではなかった。

くたびれ果てて、うつらうつらしかけると、天井裏をミシッ、ミシッと歩き回る音がする。「もう相手にせぬぞ」と思っていると、ドスーンと天井が鳴る。凄い音だ。

志明院の妖怪は、室町時代に記録された寺伝の古文書にも出ていて、昭和の戦後もまだ生きつづけていたのである。地元の雲ヶ畑の人たちにとって、この寺に妖怪が棲んでいることは常識になっていたらしい。

戦前、地元の青年団がさかんに活動していた頃、志明院の界隈は究竟の試胆会の場になっていたという。

警察が国警と市警に分轄されていた頃、国家警察の駐在さんがこの村にいた。来年はいよいよ雲ヶ畑村も京都市になるので、あと一年余りでお別れですな、と言っていたから、この〝事件〟は、昭和二十三年の春のことであった。

「ここが京都市の区内ということになったら、わしは船井郡の八木か園部へ転勤することになると思いますが、あっちの方で、アマゴ釣りができる川はありますやろか?」

長嶋巡査は、部長になって栄転する前、そんなことをしきりに気にかけていた。この人が、下鴨署から、山奥の雲ヶ畑駐在所へ僻地(へき)志願で赴任して来たのは、戦争中の疎開ではなく、胸を患ったので、静かな山村で悠々自適するのが目的だったという。保養がてらの駐在志願だから、間もなくアマゴ釣りを覚え、やがて熱中するようになった。

警察が国警と市警に分れたのは戦後間もない頃で、この制度はしばらく続いた。駐在所は「出合橋」というバス停の前にあって、そこは加茂川の本流と中津川谷が出合う橋の畔(ほとり)であり、人の出入りを見届けるのに都合の好い場所である。

アマゴは昔から中津川谷の方が多く、釣師も大方はそちらに集中するのだが、バスは本流沿いに往来するから、中津川へ入る人は歩かねばならない。近頃は未明に車で入るようになったが、当時はそうでなく、中津川へ朝から何人の釣師が入ったか、駐在所からはまる見えである。裏の山側に官舎が附設してあって、私は何度も泊めてもらったことがある。朝一番のバスがのぼってくるまでに、長嶋さんと手分けして、近くの好い場所を先に釣ってしまうためであった。


長嶋さんが雲ヶ畑の駐在所を去る前年の、節分をすぎた頃、北山一帯に珍しく大雪が降った。私は前夜から所用があって、中津川谷の奥にある知人の家に泊っていた。雪は午後から降りだして、夜明け方にやんだけれど、京都市内へくだる朝のバスに乗るつもりで知人の家を出る時分にも、なごりの雪片がちらついていた。出合橋のバス停にたどりついて、雪の中のくろい流れを見おろしていると、駐在所の軒下から長嶋さんの大声が呼びかけてきた。

「下りのバスは、さっき出ましたでー。そこでは寒いから、こっちへ来なさいよ」

ここのバスに乗りおくれると、次は二時間も待たねばならない。駐在所の大きい箱火鉢には、炭があかあかと燃えていた。靴底に雪が入ってびしょ濡れになっていたので、私は靴下をぬいで炭火にかざした。

「今日は、お急ぎなんですかー」

「いや、別に……」

「そんなら、丁度ええ。これから岩屋山の方へ、巡回することになってますのや。よろしかったら、奥の谷の様子を見がてら、ご一緒にどうですやろ？　雪はありますが……」

私はすぐさま賛成した。渓流の解禁まで一ヵ月余りだが、正月の声を聞く時分から、胸ときめかせて解禁を待ちわびた年頃であった。長嶋さんは物置小屋から古い長靴を取りだしてきて貸してくれた。駐在所から岩屋山まで、たっぷり五キロはある。長嶋さんは大正五年生まれで、私より三つ年上だから、当時は三十一と二十八であった。二人は雪の中をせっせと歩いた。バス終点の岩屋橋から、支流の岩屋谷に沿って二キロほどのぼると、岩屋山志明院である。その頃は、岩屋谷にも結構アマゴがいて、谷沿いの道から瀬を走る魚影をしばしば見ることができた。

雪の中を岩屋山へ行く気になったのは、志明院の住職の退屈見舞いをかねて、久方の話を聞きたい気持が強かったからである。参詣者が途絶える冬のあいだは、良順和尚も無聊（ぶりょう）をもてあましているに違いなかった。

　駐在所がある出合橋辺りと、奥の出谷とでは雪の量がずいぶん違うが、岩屋山に近づくと、さらに深くなる。覚悟はしていたものの、借りた長靴も役に立たぬほど、雪は谷を埋め、膝を越えて、志明院の石段をすっぽりと包んでいた。

「誰か、歩いた痕がありますな」

「今朝方のもんですやろ。しもの方へ出た痕や。買物にでも行ったのやろか？」

　バスの終点をすぎてから、割合い新しい足痕が村里の方へくだっているのに目をとめて、二人は途中で川下の方を振り返った。朝のバスに乗るつもりで、誰人か歩いて山をくだったのだろう。雪の中の足痕は小きざみに、志明院から出ているのであった。

　志明院は先代の住職田中良順師が生きていた頃、四月下旬の護摩大祭には、全国から多数の密教行者と信者が参集して、たいそうな賑わいを呈したものである。良順師は山伏仲間でも信望が篤く、いろいろな不思議を行うことで有名でもあった。

　庫裡（くり）の土間に立ち込んで声をかけると、奥の方で和尚の声があって、

「今どき、珍しいのう。二人とも、こっちへおいでなはれ」

　そういったきり出てくる様子はないので、二人は長靴をぬいで炉端へあがり込んだ。囲炉裡に太い榾（ほだ）が何本もくべてあって、茶釜には湯がたぎっていた。

「こんなに雪が多いと思わなんだもんやから、このざまで……」

駐在所の炭火で乾かした靴下をまたぬいで、私は炉端の框（かまち）にのばした。長嶋さんも同じようにした。

「ひどい晩（おそ）雪や。若い杉のためにはわるいなァ」

和尚は茶を淹（い）れながらそういって、つと前かがみに顎をつき出すと、

「あんた方、ここへくる途中で、きれいな女のひとに出逢わなんだかいな？」

と、二人の顔を等分に見くらべた。長嶋さんは私の方に目をくれて、

「あの足痕や」

とうなずき合ってから、男か女か判らないが、今朝方のものと思われる足痕を踏みながら来たこと、女といえば、割合い小股に歩いた痕だったことなどを話した。

「惜しかったなァ。ゆうべここへ来とったら、とてもええものが見られたのに……」

和尚が相好をくずして、さも感に堪えたようにいうので、

「なんですのや？」

どちらからともなく問い返すと、

「ン、すごい美人の、裸踊りや。そらァ、大した見ものやったなァー」

雪深い奥山の寺で、美人の裸踊り？　すぐには合点がいかないので、二人はぽかん

と口をあけて、和尚の顔をながめた。いくらかなまぐさで、味のある俗風がこの和尚にはあった。足痕は、寺の住人のものではなかったのだ。

良順和尚の話というのは、こうである。

志明院の行場とその周辺には、室町時代から妖怪が棲んでいるが、その総元締は劫（こう）を経た巨大な白狐である。その眷（けん）族もたくさんいる。ここへ「行」をしにくる人に、時折りチョッカイをするのは眷族どもで、なまじいな行者は畏れをなして退散する。中途半端な法力では調伏（ちょうぶく）できないのだ。相当に修行を積んだ人でも、時に堪えられぬような恐い目に遭うことがある。そこをやりとげて、法力がある水準に達すると、総元締の白狐が、チラリと姿を見せてくれるのだ。白狐の姿をひと目見ることができたら、その行者は一人前になったしるしである。

三日前から参籠していたその女性は、十年来の熱心な信者で、越前の鯖江（さばえ）から来ていたという。女人禁制の大峰（おおみね）山には登れないから、志明院へ来ていたのである。

「三十二歳というとったな。水商売でもしてるのか、匂うような色気のあるべっぴんやった。旦那がいるかどうかは聞かなんだが、あんな好い女をほおっておく男はおらんやろうで――」

「その美人が、裸で踊ったんですか……」

「そうやがな。これには深いわけがあるのや。まあ、いうたら、白狐の祟りやな。あんな凄い真似は、ほかの眷族どもにはできるもんやない。どや？　聞きたいやろ」

「そらァ、聞きたいとも……。それよりも、実物、見たかったなァ」

「そやから、ゆうべ来とったら、それが見られたのに、というたのや」

「そうかァ。わしゃ、ゆうべは中津谷で泊ってたのに……。惜しかったなァ」


その女性が志明院に参籠してから、三日目に大雪が降った。

「越前の人は、雪に強いなァ。見なはれ、こんなに積ってるのに、平気で奥の院へ行きよった」

当時は山林の景気がよかった時代で、地元では人手が足らず、杉の伐採や植林に遠方から人足が応援に来ていた。主として九州と北陸の人たちであったが、九州の人は、少し雪が降ると山へ入るのを嫌ったのに、福井方面から来ている人は平気だった。地元の雲ヶ畑の人らは、膝まで積ると山へ入らないが、越前の人は、腰までぐらいの雪なら山仕事に行く。一尺位は薄雪なのだ。

「奥の院へ、毎日行ってたのですか？　女ひとりで……」

「そうや。白狐の姿をひと目見たいと、願をかけとったのや。しかし、なんぼ祈願をこめても一向に見せてくれよらんので、どうしたらよろしいやろかと、わしに聞きよった。あんたは女の身やし、年も若いし、行も浅いからまだ無理やというたんやけど、丁度、雪が降りだしたのでな。この雪がやんだら、奥の院のどこかで、肢痕（あしあと）ぐらいは見られるかも知れん。姿はくらませても、肢痕は消せんからな、というたのや」

「ほんまに、その白狐というのは、毛が白いんですやろか？」

「真っ白や。わしは何度も見てるがな……。月の明るい晩は銀色に光ってるなァ」

「大きさは、どれぐらい？」

「大きくも、小さくも見える。シェパード犬ぐらいの時やら、ライオンよりも大きい時やらで、本当の大きさはわしにも分らん」

　白狐の話はもっと長いのだが、先を急ぐので、このぐらいにしておく。

「その女にせがまれてな、雪がやんだら肢痕ぐらいは見られるやろというたのがいかなんだ。えらいことになったのや」

　良順和尚の話によると、その夜、寺が寝鎮まったころ、女客が泊っている離屋の茶室の方で、異様な物音がした。甲高い嬌声に混じって、鈍い音がドスン、ドスン……、ゴロゴロゴロ……。どこかで子供がふざけているような感じだった。はじめは夢うつつで聞いていたが、だんだん激しくなって、和尚はとうとう目をさましてしまった。

怪しげな物音は一向にやまない。和尚は不審に思って起きだすと、手燭をかざして、廻廊伝いに茶室の様子を見に行った。

「近づくとな、暗闇の中で、人が取っ組み合いでもやっとるような音や。あの部屋は一方が壁で、三方が障子と襖（ふすま）やろ。廻廊伝いにぐるっとまわり込んでみたら、襖の端っこが三寸ほど開いとってな、手燭をかざすと、ぼんやりと部屋の中が見えるわな」

「……で、中を、のぞかはりましたんか？」

「あたり前や。そら、住職として、見届ける義務があるやろ」

「……」

「さすがのわしも、あれにはおどろいたでぇ。女が丸裸になってよぉ、キャーキャー、ヒィヒィ声をあげて、こんな風な格好でころげ廻っとるのや」

和尚は炉端にあぐらをかいたまま、上体を伸びあがらせ、阿波踊りとフラダンスをごっちゃにしたようにくねくねと腰をゆすって、両手で胸や腹をなでまわすようなしぐさをして見せながら、

「こんな具合にな……、わしのような年寄には、とてもああいう真似はできんけれど、寝た格好で、あられもなくもがいてるのや。凄艶の一語につきる。あんなのを、曼陀羅華というのやなァ。ん？　丸裸やもん。そら、見えとるわな……」

「その部屋には、他に誰かいたのですか」

「誰もおらん。女一人だけや」

「寝巻や下着は、どうしたんやろ?」

「どうせ無我夢中で、脱ぎすてたのやろ。それより、本尊さまの裸踊りの方が凄かったなァ。何しろ、寝てやっとるのやから……」

「それで、あと、どうなりましてん?」

「しばらく拝ませてもろうたけどな、これは白狐の仕返しに違いないと思うた。他の眷族どもにはとてもあんな芸当はできやせん。わしは遠慮して、引きさがったのや」


騒音に混じって、嬌声と悲鳴は未明まで続いたが、夜明けを待って、良順師は法服に改めると再び茶室を見舞った。襖は少し開いたままで、内部は鎮まりかえっていた。

「室内は、まるで修羅の巷や。蒲団も寝巻も下着も、くしゃくしゃになって散らかっとるし、女は全裸で、部屋のまん中にのけぞるような格好でのびとるのや」

失神状態だったのであろう。和尚は法力をかけて、女を現実に呼び戻した。正気にかえった女は目をあけて、しばらく陶然としている風だったが、あられもない自分の姿に気がつくと、大慌てに慌てて夜具にもぐり込んだ。和尚は蒲団の上から女の体をゆすりながら、「わしはな、白狐の肢痕ぐらいは見られるやろというたけれど、あんたは何か、余計なことをしたのやろ。庫裡の方で待ってるから、着物を着替えて、あちらへ来なさい」

と言い置いて茶室を出た。

庫裡へ挨拶に出てきたとき、女はすでに帰り支度をしていたという。良順師は、昨日の午後から夜にかけての一部始終を、正直に告白するように申しつけた。和尚から聞いた女性の告白という珍無類の体験は、大要次のような経緯である。

前日の午後三時頃、その女性は雪の中を奥の院へ行った。本坊から奥の院へは、狭い山道がジグザグに続いている。よほどのぼった辺りで、狐のものらしい、大きな肢痕を発見した。いくら願をかけても姿を見せてくれなかった白狐だが、雪の中の肢痕だけはのこしていたのである。

一間置きぐらいの大きい間隔で、跳んだ痕のように見えた。跳び跳びに続くその肢痕をたどって行くと、行場の洞窟の前で消えていた。洞窟は吹きだまりの雪に覆われて、かすかな息の穴だけが細く開いていたけれど、内部は真っ暗で、何も見えなかった。が、ここまで辛苦して来たのだからと、女性は手をさしのべて、雪をせせった。サラサラと表層の雪が崩れ落ちて、穴は少しひろがった。おそるおそる顔を近づけて奥の方をのぞこうとしたけれど、暗闇で、白狐らしい姿を見ることはできなかった。仕方なく、用意していた油揚げを穴の入口に供えて、

「白狐さま――、どうか今晩、夢になりともお姿を見せてください」

と祈念してそこを去ったという。ただ、それだけのことであった。

その夜、一人茶室で泊って、眠りに落ちかけた頃、急に体がゾクゾクとして、ひとりでに目がさめた。部屋の片隅から、冷たい風が衿元に吹きよせてくる。何気なくそちらに目をやると、襖が音もなく、少しばかりスーと開いた。闇の中で目を凝らしていると、僅(わず)かな隙間から、愛くるしい稚児が姿を見せて、チョコチョコと走り寄って来た。一寸法師の牛若丸!?だったそうである。お伽噺(とぎばなし)に出てくる清水坂の一寸法師のように小さく、水干(すいかん)狩衣に稚児髷(まげ)を結った、鞍馬寺の牛若丸とそっくりの姿をしていた。

走り寄って来た牛若丸の一寸法師は、女が寝ている蒲団の上にピョコン、と跳び乗ったかとみるまに、腰に差していた針の刀をサッと抜いて、女の首のあたりをチクチクと刺した。おどろいて片手で振り払うと、コチョコチョと夜具の中へもぐり込んで、胸や腹をいちめんにチクチクと刺しまくった。女は手を伸ばして、闇の中で一寸法師をつかみ取ろうとしたのだが、巧みに指の隙間をすり抜けて、腋の下から腰まわり、

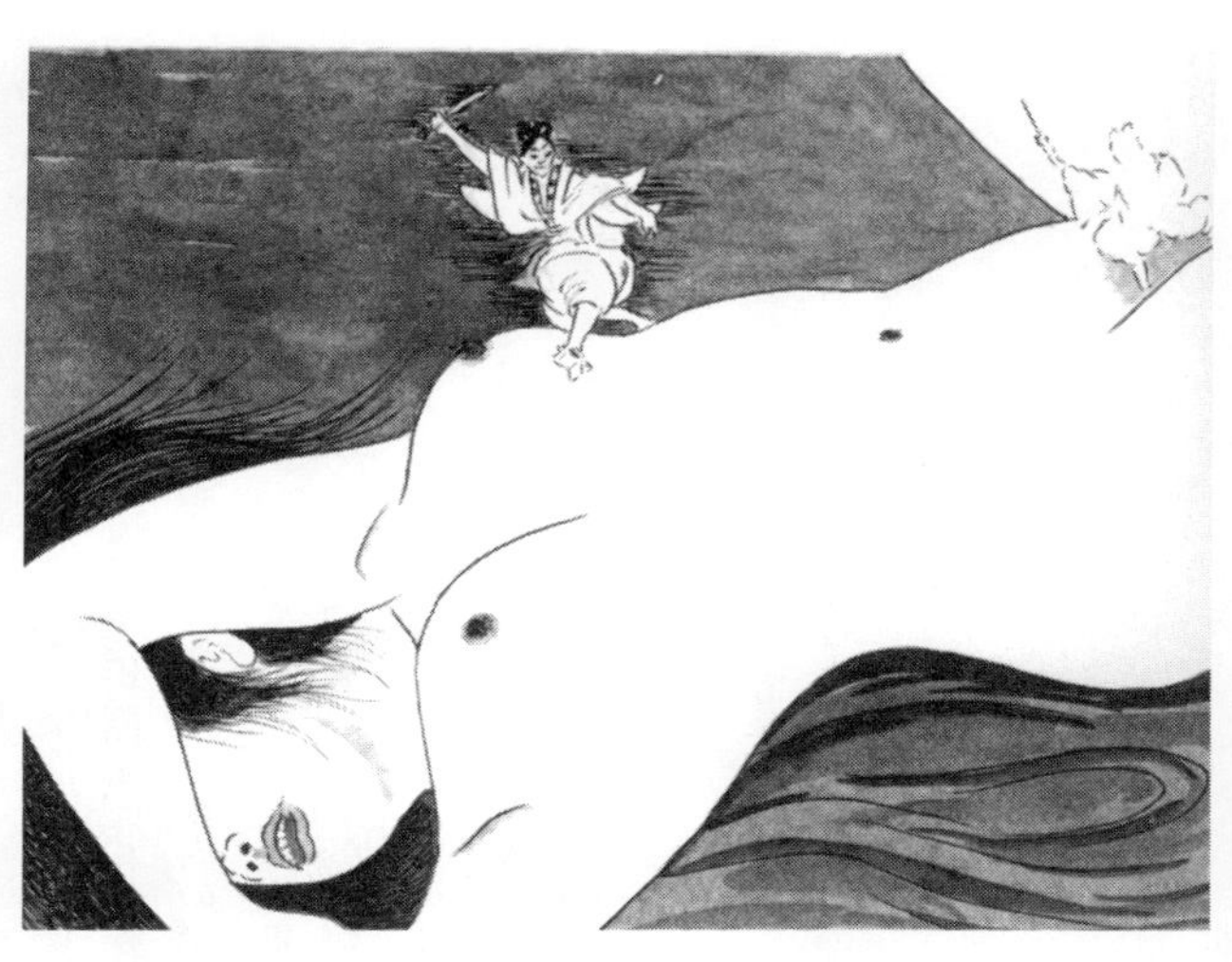

太腿、お臀、ふくらはぎ、内股、陰阜、足の裏、ここともえば又あちら……、といったあんばいで、どうしてもこうしても捕まらない。

チクチクとやられるたびに、痛いような、むずかゆいような、うずくような、くすぐったいような、名状できぬ異様な感覚にさいなまれ、いつの間にやら寝巻も下着も脱ぎすてて逃げだしたのだが、一寸法師はどこまでもまつわりついて刺しまくった。

「――という次第でな、ひと晩中、その女は一寸法師の牛若丸を払いのけながら、暗闇の中をころげ廻っておったというわけや。そらァ、恐ろしいというよりも、なんともいえん気持やったそうな」

「惜しかったなァ。そんなええ場面を、和尚が一人でねえ……」

二人はかわるがわる溜息を吐いて、和尚の顔を見直した。

「すると、一番のバスで、その女のひとは山をくだって行ったのですか――。せめて、顔だけでも見ておきたかったなァ」

「なんぼ惜しがっても、後の祭や。まあ、いうてみりゃ、坊主の役得かも知れんな。しかし、あんなことは、もう二度とないやろで……」

良順和尚はその女性に、こんど来たらもっとえらい目に遭うから、再び岩屋山へ来てはならぬと言い含めて帰らせたのだそうである。

## 狐井戸の由来

京都の大原に、不思議な井戸がある。家も古いが、井戸も古い。八瀬から三千院の方へ行く途中の、上野というところで坂道をのぼった高台にその屋敷はある。普通の民家とは少々ちがって、昔の格式を物語る結構である。母家の中央に立派な須弥壇（しゅみだん）があって、薬師瑠璃光（るりこう）如来が祀ってある。不思議な井戸と関りがあると思われるが、祭祀の記録はなく、不明である。『大原百年史』（昭和五〇年刊行）によると、「おそらく惟喬（これたか）親王の御念持仏であろう」ということになっている。井戸の縁起にもとづいて、後年、その薬師如来を当家に勧請（かんじょう）したものと思われる。

当代の主は久保吉郎氏。祖先は平安の昔、惟喬親王に随身してこの地に隠棲したと伝えられている。惟喬親王は清和天皇の異母兄で、木地師の元祖として伝説に富んだ人だが、洛北の大原から雲ヶ畑、小野郷、水無瀬（みなせ）にかけて、さまざまな事績が伝えられている。親王が皇位継承の争いを避け、薙髪（ちはつ）して洛北の山地に世をしのぶ身となられたとき、随身して行を共にしたとすれば、久保家の家系は千年以上の歴史を閲（けみ）していることになる。洛北の山間には、親王を扶けて都をのがれた家臣の末裔といわれる旧家が少なくない。

久保家の前栽は、一度折り返して入る構えになっているが、少し奥まった母家の軒先の一角に異風の館が建っていて、内部にくだんの井戸がある。井戸に屋根や庇を冠したのは珍しくないが、ここは一見、城楼のような、高い櫓に囲われている。多分、昭和年代になってから改築したものであろう。

この井戸水は「薬師御香水」といわれて、たいそう清らかで、どんなに日照りが続いても、水が涸れたためしはないという。屋敷はかなりの高台で、大原の里を流れる高野川はずっと目の下にある。近くの山を眺めまわしても、水脈を抱くような地形とも思えないし、久保家がある上野という地区は、その名のごとく高地だから、井戸を掘っても水が出るようなところではないのだが、この井戸水は天候気象にかかわりなく、絶えずチロチロと湧きつづけている。

珍しいと思われるのはそれだけでなく、この水は、癲気に特効があるといわれ、腹ぐすりにもなるし、地方によっては稲の害虫駆除にも効験があるといって、多量に持ち帰る人もいるという。そのうえ、いつまで保存しておいても腐らないので、ずいぶん遠隔地からもらいにくる人もいるらしい。専門家が分析したところでは、塩化イオンを主に、鉄分も含まれているそうだが、井戸をのぞき込むと、高貴な生薬（きぐすり）のような匂いが鼻に透ってくる。世間では、これを「狐井戸」とも呼んでいる。

いったい、この井戸はいつごろ出来たのか、地元の古老に聞いても分らないし、井戸を管理している久保家の人に尋ねても、ずっと昔からあるというだけで、年代を確かめることができないのである。井戸の館の前に由来記があって、それによると、弘法大師の教示で開発されたようになっているが、そうだとすると、惟喬親王の都落ちとは年代が合わないし、久保家との関りも宙に浮いてくる。後代の牽強かも知れないのである。

一方、世間でいう「狐井戸」の由来は、なかば伝説化していて、これも年代がさだかでない。しかし、「狐井戸」という呼称にまつわる物語としてはいかにも面白い。数人の古老から聞いた話は大同小異で、いずれも大昔からの炉辺語りとして地元に伝えられてきた口碑であり、現存する井戸の霊妙不可思議と思い合せて、私は巷間の説話に与（くみ）したくなるのである。

かつて、大原の来迎院（らいごういん）町に住んでいた小野保福（やすとみ）老（明治一九年生）は八十四歳で亡くなられたが、この人の生前、私は格別昵懇（じっこん）にしてもらって、「狐井戸」の話は何遍も聞かされていた。保福老の語り口は淀みがなく、なかなか考証的だったが、年代を尋ねると、「それは分らん」——の一語で片付けられた。年代（日時）と人物と場所とは、こういう話の三大要素だが、たいがいの民話が「昔々あるところに……」だし、『今昔物語』でさえすべて「今は昔——」に始まるのだから、この物語もその伝にしたがっておく。

昔、大原の里に、劫（こう）を経た白狐が棲んでいて、野を荒らしたり家畜をさらったりしたので、その害に困った村人たちが、時の地頭に訴えた。数日後、地頭の計らいによって、村民総出の狐狩りが行われることになった。

白狐のすみかは寂光院の裏山辺りといわれたが、狩り出された白狐は、白日の下を逃げまわり、神出鬼没、容易に捕まらず、村民総がかりの追跡を避けて大原の野を縦横に駆け抜けたが、陽が傾く頃、上野の辺りでついに追いつめられ、とある人家の表戸が開いているのをさいわい、広い土間に逃げ込んだ。

夕方近く、留守居をしていた家の老婆は、夕餉（げ）の支度を始めたところで、囲炉裡の火を焚きつけていた。そこへ、いきなり大きな狐が走り込んだのである。うろたえている様子に、白狐が村人に追われていることを察知した老婆は、とっさの思いつきで、三宝荒神（さんぼうこうじん）のかまどの中にかくまってやった。そして、片方の背戸の障子を開けると、そしらぬ振りで仕事を続けた。

間もなく、表の方で人の騒ぐ声がして、弓矢を携えた狩人と、手に手に棒や竹槍を構えた村人たちが五、六人、ドヤドヤと土間に駆け込んできた。

「お婆(ばば)、つい今しがた、大きい狐がこの家に逃げ込んだじゃろ！」

息をはずませて口ぐちにそういうと、屋内のあちこちを見回した。

「おお、いきなり表から走り込んで来よったものやから、びっくりしたぞえ。犬かと思うたら狐やがなー。つかまえてやろうとしたけれど、すばしこいやつで、たった今、そこの背戸から裏の方へ逃げていきよったわえ」

老婆が俄か方便を口走ると、狩人たちは「それッ」とばかり、背戸から裏山の方へ走り去った。

　夜が更けて、里人が寝しずまった頃、老婆はかまどの中にうずくまっている狐にむかって、

「見たところ、おまえはずいぶん劫を経とるらしいが、さだめし眷族も多かろうに、毎度毎度、里でわるさをするから人間にいのちを狙われるのや。もう二度とこの村へ出てくるでないぞ」

　と言い含めて、逃がしてやった。その老婆が、当の久保家の先祖にあたる人であった。

　さてあくる日、夜も更けて、囲炉裡の火を消そうとしていると、表の戸を叩くものがいた。不審に思いながら、老婆が土間に降りて戸を開けてみると、闇の中に女が立っていた。夜目にもあざやかな衣裳をつけた、見知らぬ女である。

「どこの、どなたさまですかえ？」

　と尋ねると、

「わたしは、きのう、いのちを助けてもろうた狐にござります」

　老婆はびっくり仰天した。

「なんじゃと？　あれほど言いきかせておいたのに、またこんなところへ出てきたの

かい。早う、山へおかえり！」

きつい言葉で叱りつけて、戸を閉めようとすると、

「おまちくだされ。仰せのとおり、すぐ山へかえりますが、一つだけ、わたしの申すことをお聞きくだされ。人間さまにいのちを助けられながら、その大恩をわすれたら、わたしどもの世では位がさがります。かならずご恩返しをしなくてはなりませぬ。どうぞお聞きくだされませ」

哀願するように女は言った。

「それほどせつなくいうのなら、聞いて進ぜようまいかの」

「わたしはただ一つ、他の衆に秀でた芸がござります。この屋敷の艮（うしとら）の方角に、三十尺の井戸を掘ってくだされませ。ここは地が高い故、すぐには水が出ませぬが、六月の十六日がきたら、きれいな水がわきでます。その水を汲みおいて、癲気の人や腹の病いにこまる人にのませたら、たちどころになおります。そのことをお告げするために出てきました」

と言いのこすと、夜の闇に姿を消した。

久保家の人たちは、相談したあげく、狐にだまされたと思って、とにかく井戸を掘ることにした。人足をたのんで、艮（東北）の方角に深さ三十尺（約十メートル）まで

掘ったけれど、なにも出なかった。が、井戸の構えだけはちゃんとした造作を施した。白狐の化身と名乗った女は、六月十六日と、明瞭に期日まで告げたのだから、ともかくその日を待つことにしようと言い合せた。多分、それは春さきのことであったのだろう。遠い昔、人と動物はきわめて近く関り合ってくらしていたものとみえる。

やがて六月がきた。久保家の人たちは、白狐のお告げを忘れるともなく忘れかけていたが、白狐を助けた老婆がそのことを覚えていて、六月の声を聞くと、毎日のように指折りかぞえてその日を待ちわびた。そして十六日がきた。

久保家の家族は、夜が明ける前から、かわるがわる井戸端に立って、水が湧くのを待ちつづけた。

陽が昇りはじめる頃、シャンシャンシャンシャンシャン……と、遠いところで鈴を振るような音がかすかに聞こえてくるので、耳をそばだてると、それは井戸の底から響いてくる水の湧き出る音だったのである。

その水は、不思議に腹の病いによく効いた。評判を伝え聞いた人びとは、遠いところからも霊水をもらいにくるようになり、いつしか信仰の対象になるところまで噂が高くなった。人びとは、白狐の予言はきっと薬師如来のお告げであったに違いないと言い合った。

明治、大正の頃には、毎年陰暦六月十六日、久保家の当主が主宰者となって、「お水取り」の儀式が執り行われ、京都の知事や市長の代理、地元の警察署長らが礼服で参列したという。京都近在はもとより、河内や摂津、和泉をはじめとする近畿一帯、遠くは東京、愛知、愛媛、広島方面から参詣する人もあって、前夜から近辺の民家にまで泊り込む盛況であった。

井戸の深さは昔と変らないそうだが、平素は水量が十五センチ位なのに、縁日がくると自然に湧水量が増して、汲んでも汲んでも尽きないという。近年は医療福祉が普及したせいか、昔ほどに大げさではなくなったが、それでも霊験を蒙った家の子孫には定着した信者がいて、自家用車にポリタンクを積んだり、容器を持ってバスで参詣する人が後を絶たない。

# 狐にやられた話

鈴鹿山地の竜ヶ岳に、又川という溪流がある。下流は茶屋川に流れ込み、神崎川と合して愛知川になり、そして琵琶湖にそそぐ湖東第二の川である。この又川に、イワナがたくさんいることを教えてくれたのは、川口伝吉さんであった。元陸軍曹長であったこの人と知り合ったのは、昭和十七年の秋、三重県の湯の山温泉でたまたま相宿になったときである。太平洋戦争たけなわの最中、殺伐な軍隊に身を置く者同士が、まるで場違いの温泉宿で相客になったときは、もう二度と会うこともあるまいと思って別れたのだったが、戦後、仕事にかこつけて各地をほろつき廻るうち、鈴鹿山中の杣道でバッタリ出くわしたのがその後のつき合いの始まりであった。

伝さんが元気だった頃、仲間といっしょに〝泊り山〟の小屋住まいをしていたのは、又川中流のちょっとした台地で、小屋は勝手の好い造作だったが、水場がすこし遠かった。軍隊にいた頃、伝さんより私は階級が一つ下だったし、歳も六つ下なので、この小屋で厄介になるときは水汲みを手伝った。崖の急斜面を直登降する足場の悪い細逕を、両手に水桶をさげて登り降りするのはしんどい仕事であった。炊事用と風呂の水を用立てるには、十数回の登降をくり返すのである。

伝さんも釣りは好きだったが、竜ヶ岳で泊り山をしていた頃は、仕事に追われて釣りどころではなかった。足もとが暗くなるまで働いて、小屋に戻ると、まっ先にドブ酒を茶碗に一杯飲み干して、それから二、三人で手順よく夕飯の支度に取りかかった。男たちは馴れたもので、ソツがないかわりに、味付けはいつも辛さが勝っていた。仕事が激しいからである。

小屋の下を流れる又川でイワナを釣って持って行くと、夕餉(げ)の好い肴になった。釣り歩く範囲が狭いと、どうしても魚の型が小さくなる。昔のサイダー瓶ぐらいのやつを数そろえるためには、茶屋川に出合う辺りから釣りのぼって、小屋の下まで、二キロ余りを拾い釣りしなければならなかった。かなり贅沢な釣り方だが、別れて帰るときには、なお数日分の肴を置きみやげにできるほどは釣れた。

「山中暦日無し」——これは唐詩選の名句だが、数日山小屋に滞在すると、今日が何日の何曜日なのか、分らなくなってしまう。日を取り違えて家に帰ることも一再ではなかった。

小屋の頭(かしら)は小倉茂平という六十半ば位の、話好きの爺さんであった。昔、舞鶴の海兵団にいたという老勇士で、なかなか見聞の広い人だったが、ある夜、狐狸のたぐいが人を化かすというのは本当か、という話が出た。その時は、茂平爺さんと伝さんと、私より少し年下の若者と私の四人がいっしょであった。小さい囲炉裡を等分に囲んで、薄暗いランプの下で聞くにふさわしい話柄(わへい)であった。ずいぶん面白い話がたくさん出たが、茂平さんと伝さんとの論戦を先に記しておく。

茂平さんの説は、だいたい狐や狸にだまされるような人間は、肝っ玉が小さいか、恐がり屋か、迷信に弱いか、知能程度が低いか、ひどい縁起かつぎか、いずれにしても性癖が著しいか、性格的欠陥を抱えている。だからして狐狸の詐術にかかりやすいのだ、ということであった。伝さんはこれに対して、意志の強い人や剛胆な人、信心深い人でもだまされることがある。なぜかというと、狐狸の仲間にも等級があって、最高は正一位から、下は犬猫にも劣るやつにいたるまで、さまざまの階級がある。劫(こう)を経て、位が高くなったやつにかかると、たいがいの人間はだまされる可能性がある、というのであった。しまいにこの論戦はうやむやになったが、それはいくつかの実例が語られるうちに、双方の口から出た事実談の中へ吸収されたような感があった。

まず、茂平爺さんの話――。

茂平さんは、北伊勢の石榑(いしぐれ)という在所の生まれだが、幼な友だちに喜十郎という人がいた。この人たちの青年時代には「若衆宿」のような集会所があって、夜な夜な村の若者たちが集まって議論を戦わせたり、祭や村の行事について意見を取り交したりしていた。集会所の前庭に「力石」というのが並んでいて、大きさ（重さ）に幾段階かの等級がつけられ、それを持ちあげる競争がさかんに行われていたが、喜十郎さんはいつも群を抜いて秀でていた。力は即ち労働力であり、生産力につながるもので、それはそのまま生活力の表象でもあったのだ。

喜十郎さんには許嫁（いいなずけ）がいて、若衆仲間でよくもてはやされていたという。初冬の頃のある日、夕方から集会所で若衆の寄合いがあって、酒が出た。力比べでは人に負けない喜十郎さんだったが、酒には弱かった。いくらも飲まないうちに真っ赤になって、皆のざわめきをよそに、その場でうたた寝をした。会が果てて、他の連中が帰りぎわに起してくれたのだが、喜十郎さんは夢うつつで生返事をしたまま、また寝込んでしまった。

目をさますと、皆帰ったあとで、集会所はガランとしていた。月のない夜だったそうで、喜十郎さんは持って来た用意の提灯（ちょうちん）に火をともして、一人で帰途についた。

わが家まで、半分ほど道を歩いたと思う頃、どこかで「喜十郎さーん……」と呼ぶ声がした。若い女の声である。立ちどまって耳をそばだてると、また呼んでいる。どうやらわが家に近い方角らしいので、喜十郎さんは足を急がせた。しばらく行くと、また自分の名を呼んでいる。聞き覚えのある声のような気がしたのは、許嫁の淳子さん（――としておく）が呼んでいるのであった。声は近いようだ。喜十郎さんは胸を弾ませて、大股に呼び声のする方へ急いだ。

するど、今度は「たすけてぇ……」――金切り声でそう呼ぶのが聞こえた。やはり淳子さんの声だ。喜十郎さんはわれを忘れて、小走りに助けを呼ぶ方へ近づくと、小さな溜池があって、声は池の中から響いてくるのであった。「ハテな？　こんなところに池がある？」と一瞬思ったけれど、しきりに助けを呼ぶ声がそこからするので、池の畔（ほとり）に駆け寄ってみると、岸辺に近いところで、若い女が両手をあげてもがいている。闇に光る水面には大きい波紋がひろがっていた。提灯を差しだして照らしてみると、やっぱり淳子さんであった。こんな時刻に、淳子さんが池に溺れかかっているのは変だと思う余裕が彼にはなかった。

「あ、喜十郎さん！　たすけてぇー」

彼女は必死に叫びながら、両手を差しあげてもがきつづけた。喜十郎さんは、言葉にならぬ言葉を口走りながら、提灯を路傍に投げだすと、及び腰になって淳子さんの方へ手を差しのべたが、もう少しというところでなかなか届かない。冬空の夜更けに池へ飛び込むのも億劫（おっくう）なので、彼は足場を用心しながら懸命に手を伸ばすと、辛うじて彼女の片手をつかんだ。意外に重く感じたが、やっとの思いで引き寄せると、もう片方の手もつかんで、引きずり揚げようとした。——が、どういうわけか、ずっしりと重くて、少しもあがらない。淳子さんは「ハァハァ」と荒い息を吐いて、ここを先途と彼に取りすがろうとする。両手をしっかりとつかんだからには、もう大丈夫だ。遮二無二引き揚げて助けたら、濡れた着物を脱がせて、焚火にあたらせてやろう。時刻は深夜だ。こんなところを人が通る気遣いはないし、淳子さんの裸が見られる。——喜十郎さんの意中をそんな念いがかすめた。

ところが、どんなに引っぱっても、淳子さんは池の底に根が生えたようになって、あがってこない。あせった喜十郎さんは、彼女を激励しながら片足を後ろにひくと、渾身の力をこめて「うーん」と踏ん張った。そのとたん、淳子さんの両腕が肩の付根からスッポリと抜けてしまった。あまりのことに仰天した喜十郎さんは、彼女の白い腕を両手につかんだまま、仰向けにのけ反った。

喜十郎さんがハッキリ覚えていたのは、そこまでだという。

夜明け方、畑仕事に通う村人にゆすり起されて気がついてみると、彼は、太い大根を両手につかんで、道のまん中にながながとのびていたのであった。池と見えたのは、大根畑だったのである。

この話には、茂平さんの潤色が混じっていると思えるし、喜十郎さんが語った珍な体験が評判になって、後年、ほどよく尾鰭(おひれ)をつけたような形跡がある。彼をだましたのは何物だかさだかではないが、女に化けたのだから、おそらく狐であろうということになったのだが、大根を握りしめて気絶していた喜十郎さんの傍に、燃えつきた提灯の残骸がころがっていたというおまけまでついているのである。

次いで、伝さんの話は、これも村の知人ということになっているが、どうやら伝さん自身ではないかと思わせる節もある。きまりがわるいから他人のせいにしたのかも知れないのである。伝さんは、遠縁の親類にあたる由造という男だといったから、とにかく聞いた通りにしておく。

昭和十年代のことだったと記憶するが、由造さんはある年の春祭に、畑毛という在所の親戚に招かれて、もてなしを受けた。帰りがけに、親戚の人が、

「あそこの森には性悪(しょうわる)の狐がいて、よく人をだますから、くれぐれも気をつけるがよい」

と注意してくれた。由造さんは気の強い男だから、

「なァに、このわしをだますことのできる狐など、この界隈にはおらんわい」

と胸を叩いて、機嫌よく家路についた。途中、小さい川を渡ると、間もなく鎮守の

大きい森がある。親戚の人が忠告してくれた森だ。陽が沈むころ、その森にさしかかると、五〇メートルほど先に、ひょっこりと狐が姿を現して、チョコチョコと由造さんの前を歩きだした。――やっぱり出たか。猪口才なやつめが……。いったい、どういう魂胆で出て来たのかな?――由造さんは口の中でつぶやきながら、狐の後をついて歩いた。狐は逃げる風でもなく、時折り肢をとめて由造さんの方を振り返りながら、小走りに距離をあけたり、わざとゆっくり歩いたりして、時どき思惑ありげに振り向いたりした。――小癪なやつめ!――由造さんは道端の石を拾って投げつけようとしたけれど、狐に石を投げてもあたらぬことを思い出して、やめた。(鉄砲ならともかく、石を投げても不思議に命中しないそうである)

――さてはこの俺を、だますつもりかな? だますとしたら、どんな具合にだますのか。見事、この俺をだませるものなら、ひとつ裏を掻いて、手の内を見届けてやろまいか――由造さんは、ニヤニヤしながら狐の後を根気よくついて歩いた。

とつおいつ尾行を続けるうち、道端の草生えに藁束が積んである場所があった。狐はそこで立ちどまると、四辺をキョロキョロと見回してから、つと藁束に前肢をかけて、中から一束引きずり出すと、器用にその藁束をひろげて頭に被った。意外な狐のしぐさに、由造さんは思わず立ちどまって、腕組みしながら見惚れていた。夕闇がぼんやりと辺りをかすめる中で、狐は忽ちきれいな女に化けた。

由造さんは、自分の目を疑った。どう見ても、立派な「人間の女」である。狐?の女は、チラリと由造さんに流し目をくれると、シャナリシャナリと歩きだした。日本髪に和服姿のその女は、やや内股気味に腰を振りながら、こぼれるばかりの色気を後姿に匂わせて、さりげなく黄昏の田舎道を行く。——ふーん、うまいこと化けるもんやなァ。話には聞いていたけれど、狐ごときにこんな真似ができるとは、とても信じられん。——しかし、由造さんの目の前で、たしかに女に化けたのだから、そのことは疑う余地がなかった。いったい、これからどうするつもりなのか。あの女は、どこへナニをしに行くのか。由造さんはそれが気になりだした。女は次第に歩を早めて、宵闇の中をスタスタと立ち去って行く。あきれて見惚れていた由造さんは、急いで女の後を追った。どこへナニをしに行くのか、しっかり見届けてやろう。なァに、おまえなんかにだまされるもんかい。——由造さんは女から片時も目を放さぬように、用心しながら足を急がせた。

しばらく行くと、人家が立ち並ぶ在所にさしかかって、街道筋に面したところに小ぎれいな居酒屋が見えた。軒先に赤い提灯がぶらさがっている。こんな近いところに、いつごろこんな店が出来たのだろう。ここはたしかに自分の村だ。それにしても、大

酒飲みで鳴らしたこの俺が、今まで知らずにいたとは、どうもおかしい。——と思う間もなく、女は店先の縄のれんをくぐって、紙障子の引戸を開けると、スッと中に姿を消して、ピシャリと戸を閉めた。

由造さんは、われにもなく店先に歩を進めると、再び腕組みをして首をひねった。元来が呑んべえの彼は、しばらく店先に立ちん坊をしてその風情をながめていたが、こんな店屋は、阿下喜か菰野辺りまで行かねばないはずなのに、いつ、誰が建てたのか——。いや、それ以上に、店の中へ姿を消した女が気にかかった。

由造さんは、ここから先が正念場だ

と思って用心しながら、そっと軒先に近づくと、入口の縄のれんをつまみあげて、障子に手をかけようとした。気がつくと、すぐ目の前の紙障子に、手ごろな穴があいている。しめた、これは好都合だ。まず、ここから内部の様子をのぞいてみようと、顔を近づけたけれど、中は暗くて何も見えない。どうもおかしい、と思って、なおも顔をすり寄せようとすると、いきなり「危ない!」という声がして、誰かに突きとばされた。

よろめきながら気がつくと、由造さんは農家の軒先につないである馬の尻尾をつまみあげて、一心不乱に馬の尻をのぞき込んでいたのである。

馬の手入れをするため、井戸端から水を運んで来たのは、由造さんとは顔見知りの、家のあるじであった。

# 狐狩り異聞

朽木村は、滋賀県でただ一つの村である。名のごとく、奥山の木が朽ちるほど未開発で、人口稀薄の地帯である。県の西北部に位置する山村で、丹波と若狭に接している。西の丹波側は由良川源流の京都大学演習林に続くし、北の若狭とは百里ヶ岳を隔てて遠敷川と水を分けている。湖北の辺境が次々に合併して「町」になってからも、ひとりここだけは誇らかに「村」であり続けているのである。他の村々が市や町に吸収される以前から、面積はこの朽木村が一番広かった。隣接する三つの「町」も、ここは広すぎるために吸収できなかったものとみえる。

三百余年前、貝原益軒がこの村を歩いたことがあって、その紀行が遺っている。比良断層と西の丹波山地を割る安曇川谷は、京都から若狭に通じる古道の一つで、ここを歩いた益軒は、その険しさを木曽谷に劣らぬと評したぐらい、目路の限りは山ばかりの村だ。

村役場は朽木市場にあって、ここは比良山地の北端にあたる。村の中枢がここにあって、あとはまばらな集落が谷沿いに点在しているが、大方は過疎であり、離村したところもある。木地山もその一つで、今は青少年キャンプ村になっているが、以前、ここに宮本作治郎という猟師がいた。「木地山」という地名からして、承平年間（一〇世紀の頃）に湖東の君ヶ畑方面から移住して来た木地師の一族が住みついたところだったのであろう。益軒の『西北紀行』には朽木市場のことを「朽木の町にて挽物をつくり漆にてぬる、椀盆などあり、漆多ければなり、京都へ出し諸国にて売る」とあるから、古来、市場と木地山とは往来が頻繁であったに違いない。

　木地山の宮本さんは、山仕事の傍ら鉄砲の猟もやり、旅商人の宿も兼ねていたが、戦後間もない頃、ここで宿をしてもらったとき、炉辺語りにいろいろ聞いた話の中に、こんなのがあった。

　木地山は、朽木市場から一五キロほど奥へのぼった百里ヶ岳の麓にあるが、大正の頃、金子庄助という猟師がこの村へやって来て、市場を少し奥の方へ出外れた辺りに小屋を建てて、しばらく住んでいた。当時、四十をすぎていたと思われるが、子供はなく、細君と二人連れであった。宮城県から渡って来たそうで、好人物だったが、東北訛りを気にしてか、在所の人とのつき合いはほとんどなかったという。宮本さんはその頃若衆仲間で、時折り金子猟師の小屋へ遊びに行ったり、熊撃ちにせがんで同行したこともあったそうで、この話は、その当時にさかのぼる。

「朽木谷はな、半日山道を歩いても、人と行き逢うよりは獣に出くわす方が多いといわれる辺土ですのや。人が少ないのか、獣が多いのか、どっちゃ分らんけど、金子のおっさんは、わしらより格段に鉄砲が上手でしたな」

金子さんは、東北マタギの出身だったのかも知れない。猟師仲間では、猿と狐を撃つのは忌む風があって、よほどのことがない限り鉄砲を向けないそうだが、これは珍しく狐狩りの話である。

金子さんが朽木村へ来る以前から、この辺りに性悪（しょうわる）の古狐が棲みついて、家畜の被害が絶えなかった。うっかり鶏の放し飼いもできず、野良や山で仕事をしていると弁当は盗られる。中には、だまされてひどい目に遭う人もいた。こんな例もある。

市場の娘が、親の言いつけで麻生（あそ）の親戚へ届け物をしに行った。麻生は市場から五キロほど木地山寄りへ入った辺りの、この村では大きな在所である。帰りが夕方になるので、母親が途中の橋の辺りまで迎えに行く手筈であった。黄昏（たそがれ）の頃、娘が約束の橋まで戻ってくると、向う岸の袂（たもと）に見知らぬ老婆が立っていて、「お母さんが急病だから、代りにおまえさんを迎えに来た」――というので、娘は不審に思って、「お婆さんはどこの人か」と尋ねた。老婆は、「わたしは、ついその辺のものや。あんたはわたしを知らんけれど、わたしはあんたのお母さんをよく知っとる。どんな顔をしてるかも知っとるで……。ほら、こんな顔やわなァ」――といって、娘の顔をのぞき込むように、ヌッと首をつき出した。その顔は、目鼻も口もないのっぺらぼうであった。娘はその場に気絶してしまった。やや後れて迎えに来た母親が、道端に倒れている娘を発見して連れ帰ったという。

他にも、祭よばれの帰り道、見知らぬ女が現れてすり寄って来たので、用心しながらもその色香に気を取られているうちに、みやげのご馳走を奪い去られた男がいるとか、冬のさなか、麻生川の流れに浸って丸裸で水行をしている村人がいたので、通りがかりの知人が大声で呼びかけると、痴呆のような顔をこちらに向けて、「ああ、好い湯加減や……」と、上機嫌で笑った。あれはきっと狐につままれたのだ、ということになったとか。

金子さんは、そうした村人の風評を耳にするうち、その悪狐を撃ち取ってやろうと思い立った。平素、村人との親交がないので、狐退治でせめてもの誼（よしみ）を表明しようと考えたのであろうか。

冬を待って、雪が降りはじめた頃、その狐の巣穴らしいものを探りあてて、罠（わな）を仕掛けた。そして毎日のように見回ったけれど、一向にかからない。すぐ傍まで近寄った形跡はあるのだが、用心深く周囲を徘徊してあるだけで、安全圏から踏み入ろうと

はしていなかった。いらだちながら日を重ねるうち、大寒も半ばをすぎて、節分が近づいた。この地方では、昔から「節分雪の中」といわれているが、江若（こうじゃく）国境に近いこの辺りはわけても雪の多いところだ。寒の最中よりも、節分前後にむしろよく降る。積雪が二メートル近くなって、軒へ出るのも大儀な日々が続いた。山の動物たちが飢餓に耐える季節である。

　金子さんは意を決して、ネズミのてんぷらを罠に取りつけることにした。ネズミはキツネの常食の一つだが、これをてんぷらに揚げたものを野に置くと、どんな狐でも食わずにいられないといわれている。油揚げは古来、狐の好物を代表するものとして知られているが、とりわけネズミのてんぷらは、どんな場合にも奇効を奏するといわれるのである。

狐は夜行性だから、金子さんは雪の中を掻き分けて、かねて目星をつけておいた場所に強力な罠を仕掛けた。餌はネズミのてんぷらである。そこは麻生から自在坊という在所に通じる山道を外れたところで、通称「搦谷」という沢の、ややひらけた場所であった。

その日は午後からチラつきだした雪が、夕方から風を伴って吹雪になった。雪の夜はどうしようもない。金子さん夫婦は宵から雨戸を閉めて、早目に寝床へ入った。

夜が更けた頃、しきりに表の戸を叩く音がした。はじめは風の音かと思って、夢うつつに聞いていたが、戸を叩く音に混じって「金子ォー、金子ォー」と叫ぶ声がする。半身をおこして耳をすますと、呼びすてに名を呼ぶ声がハッキリと聞こえた。細君が起きだして戸を開けてみると、雪の中に巡査が立っていた。こんな時刻に、警察から何の用事かと、狼狽して亭主を呼んだ。巡査は、朽木市場の駐在さんであった。時折り村の巡回にくるし、狩猟の取締りもやっているので、金子夫妻とは顔見知りの間柄である。

「おまえは、なんであのような場所に罠を仕掛けたのじゃ。あれは法令で禁じられておることを知っとるじゃろう。もしもあやまって人が踏んだらあぶないではないか。すぐに取り除かぬと、えらいことになるぞ！」

駐在さんはいつになく、強い口調で叱りつけるように言った。着ているマントにも、帽子の庇（ひさし）にも、真っ白に雪が降りかかっていた。金子さんが仕掛けた罠は、人間でも大怪我をするような違法の〝虎挟み〟だったのである。

「へえ、まことに相すまんことです。すぐに取り除けに行きますので、どうかお見のがしを……」

平謝りにあやまると、一刻も早く取り払うのだぞ！――と厳命して、駐在さんは降りしきる雪の中をスタスタと立ち去って行った。

「困ったなァ。こんな夜更けに……」

ぼやきながら時計を見ると、午前一時をすぎていた。風はやんだけれど、雪は相変らずしんしんと降りつづいている。警察に見つかったのは運が悪かったとしても、こんな時刻に、雪深いあの沢筋を通るような人間はいないはずだ。それに、人の通い逕（みち）とは少し離れている。夜明けを待って取り外しに行っても遅くはあるまい。――勝手にそう思案して、再び寝床へもぐり込んだ。それにしても、あのような辺鄙（へんぴ）な場所に仕掛けた罠が、どうして駐在さんに見つかってしまったのか。誰かが密告したとしても、普通に通る人なら目につくような場所ではない。考えてみると腑におちぬことではあったが、とにかく、朝方までに取り外せばよいのだと独り決めして、そのまま寝入ってしまった。

どれほど眠ったか分らないが、激しく表戸を叩いて呼びつづける駐在さんの大声で目がさめた。慌てて起きだして行くと、やはりそうであった。外はまだ暗闇で、雪あかりの中に立つ巡査の姿だけが黒ぐろと際だっていた。マントも頭巾も、さっきと同じように雪をかぶっていた。

「コラ、金子！　おまえは、警察をなんと思うとるんじゃ。あれほど固く申しつけておいたのに、なぜあの罠を取り除けに行かんのじゃ。これ以上放っておいたら、監獄署へ連れて行くぞ！」

駐在さんは非常な権幕で、どなりつけるように言い放った。金子さんは恐縮して平身低頭すると、只今すぐに取り外しに行きます、――と、口ごもりながら詫び入った。駐在さんはなおも怒気を含んで、すぐに行くならよいが、もし遅れたら監獄署行きだぞ、と、恐喝するように念を押して、雪の中を足早に立ち去った。

「難儀なことになった。こんな雪の中をこの真夜中に、殺生な……」

金子さんは、なかば後悔しながらも、細君に手伝わせて、しぶしぶ身支度に取りかかった。夏とちがって、深雪の中へ出て行くのだから、その支度だけでも時間がかかった。そのうえ現場まで、小屋から二キロ半ほどはある。用心のため鉄砲を担いで、輪樏(かんじき)を履いたいでたちで搦谷の入口へたどりついた頃には、夜がほんのりと明け初めてきた。

現場に近づくと、一面の雪の中に、何やら黒い物がうごめいているのが目に入った。胸騒ぎを覚えた金子さんが、雪を蹴散らしながら走り寄ってみると、重々しい唸り声をあげてもがいているのは、あろうことか、黒いマントを着た駐在さんではないか……。驚愕のあまり、金子さんは放心して、へたへたと雪の中に尻餅をついてしまった。

夜明けとともに、雪はやんだらしい。いつしか山の端に陽がさして、雪に覆われた野山がまぶしく光りだした。

われに返った金子さんが、蹌踉(そうろう)と立ちあがって駐在さんの方に目をやると、それは変り果てた巡査の姿ではなく、ネズミのてんぷらをしっかりと口にくわえ、強力な虎挟みに頭を咬まれて息絶えた、大きい狐であった。首の周りや尻尾の毛が銀白色に光って、餌をくわえた口から滲み出た血が赤く雪を染めていた。

この事件があって以来、村人を騒がせた狐のわるさは後を絶ったが、それから間もなく、金子夫妻はこの村を去ったという。

# なぜ化ける

私が生まれた村に重太という人がいた。川漁がとても好きで、農繁期の最中でも、仕事を抜けて川へ網打ちに行く人だった。

ある年の夏の夕暮れ、アユを籠いっぱいに捕って川をあがると、苗籠を背負った若い女に出逢った。手拭を姉様被りにした細面の女だが、いつかどこかで見たような、はじめて見るような、あやふやな気がしたので、「やあ……」とか何とか、あいまいな挨拶をした。女は腰を屈(かが)めて会釈すると、道を譲って、先に行ってくれるように、という所作をするので、重太さんは網を背負って先に立った。川沿いの細い一本道である。片方は深い竹藪が続いて、片側はずっと水田になっている。

重太さんは先を歩きながら、その女がどこの誰なのか、しきりに気にかかった。近い在所の人なら男女老若を問わず、名前と顔はほとんど知っているのだが、女は手拭を被っているし、黄昏(たそがれ)時だし、判然としなかったのである。どうも気にかかってしょうがないので、背中の投網をゆすりあげるようなしぐさでさりげなく後ろを振り返ると、女がいない。「ハテ？ どこへ行ったのか……」——重太さんは不審に思って立ちどまった。ひと一人がやっと通れる狭い一本道だから、どこへも外れようがないはずだ。首をかしげながら歩きだそうとすると、さっきの女が前を歩く姿が見えた。

重太さんは立ちすくんで、しばらく動けなかったという。女は足を早めると、スイスイと夕闇の中に消えて行った。家に帰ってみると、籠にいっぱいあったはずのアユが、底の方に五、六尾、へばりついているだけであった。重太さんは当時四十歳位だったが、それっきり川へ行かなくなった。

この話を、人は何と思うだろう。幻視、幻覚、幻聴……等、今は便利な用語がたくさん出来て、言葉のうえでは簡単に片付けられるし、気の強い人には一笑に付されてしまうことになりやすい。この種の話の難点は、常識の枠をはみ出ていて、須臾（しゅゆ）の間の出来事に類するから、立証が困難なのと、遭遇者や目撃者がほとんど単数であることだ。当時の村人は、こういうことを割合い素直に信じたもので、重太さんが出逢った女は、狐の化身であろうといわれていた。

『遠野物語拾遺』には長短二百九十九篇の物語が収められているが、中に、狐にまつわる話が二十一篇ある。筆者の柳田国男師は私見をまじえず、徹底して対象に語らせ、しかもきわめて簡潔にのべている。読者が想像をめぐらす部分がたっぷりとのこされているわけだ。筆者の批評や思い込み、余計な意味付けがないから、かえって愬（うった）える

力が強いのである。ここに引用する一篇は、幽玄な面白味という点で他の話に一歩を譲ると思うが、リアルな滑稽さでは断然擢(ぬき)んでているので、まずその全文をここに掲げてみよう。

――これは大正十年十一月十三日の岩手毎日新聞に出ていた話である。小国のさきの和井内(わいない)という部落の奥に、鉱泉の湧く処があって、石館忠吉という六十七歳の老人が湯守(ゆもり)をしていた。去る七日の夜の事と書いてある。夜中に戸を叩く者があるので起き出て見ると、大の男が六人手に手に猟銃を持ち、筒口を忠吉に向けて三百円出せ、出さぬと命を取るぞと脅かすので、驚いて持合せの三十五円六十八銭入りの財布を差出したが、こればかりでは分らぬ。是非とも三百円、無いというなら打殺すと言って、六人の男が今や引金を引こうとするので、夢中で人殺しと叫びつつ和井内の部落まで、こけつまろびつ走って来た。村の人たちはそれは大変だと、駐在巡査も消防手も、青年団員も一つになって、多人数でかけつけて見ると、すでに六人の強盗はいなかったが、不思議なことには先刻爺が渡した筈の財布が、床の上にそのまま落ちている。これはおかしいと小屋の中を見まわすと、貯えてあった魚類や飯が散々に食い散らされ、そこら一面に狐の足跡だらけであった。一同さては忠吉爺は化かされたのだと、大笑いになって引取ったとある。この老人は四、五日前に、近所の狐穴を生松葉でいぶして、一頭の狐を捕り、皮を売ったことがあるから、定めてその眷族が仕返しに来たものであろうと、村ではもっぱら話し合っていたと出ている。——

和井内というところは、岩手県下閉伊郡新里村にある。宮古から閉伊川に沿ってさかのぼり、茂市から支流の刈屋川沿いに一〇キロほど北西にのぼった北上山地の山間集落である。今は国鉄岩泉線の駅があるが、列車は一日に五本だけ往復する。和井内の奥の鉱泉といえば、「安庭ノ沢鉱泉」に違いないと思うが、和井内の中心部からこの鉱泉まで、渓流沿いの山道を歩いておよそ九キロはある。安庭沢支流の湯ノ沢の奥で、標高四五〇メートル。湯ノ沢と本谷が出合う地点に新里村老人センターが出来て、そこまでは車道になったが、途中に人家はなく、奥地は歩かねばならない。ここで湯守をしていた石館忠吉老は大正十年で六十七歳とあるから、安政元年の生まれだったことになる。

六人の猟銃強盗に脅迫された石館忠吉さんは、夜の山道を二里余の和井内まで「こけつまろびつ走って」来て救いを求めたわけである。忠吉さんを襲ったのは六人の「大の男」であったが、駐在巡査や消防手、青年団員ら多数の人たちが見たのは、無数の狐の肢痕(あし)と、食い散らされた食物の痕跡であった。「手に手に猟銃を持ち、筒口を忠吉に向けて三百円出せ」と脅迫した六人の大の男は、忠吉さんの幻覚であったとして片付けるのはやさしい。もしその猟銃が本物だったら、逃げだした忠吉さんは直ちに射殺されたはずだ。撃たれなかったところをみると、やはり幻覚だったのであろう。問題なのは、どうしてそのような（狐にとって都合の好い）幻覚が生じたのか、ということである。猟銃の集団強盗は虚像であったが、鉱泉宿に乱入した狐の群は実物であった。無数の狐の肢痕と、貯えてあった食糧が無残に食い散らされていたことでそれは明瞭だし、多数の里人の目で確かめられたのだから疑う余地がない。新聞種になる要素がそこにあった。

忠吉さんがその数日前、近所で一頭の狐を捕えて皮を剝いだことと見合せて、「定めてその眷族が仕返しに来たものであろうと」村人たちは話し合った、とある。こうした因果関係の中で、生き残りの狐の仲間が報復を企てたとして、猟銃を構えて押し入れば、一人でも脅迫の効果は十分であったろうに、なぜ六人もそろったのか、その人頭が気にかかる。劫を経た一匹の狐が六人もの男に化けたとは思えないから、六匹が合力したのか──。仮に狐狸のたぐいが人間に化けることを肯定したうえで詮索しても疑問がのこる。ただ、かれらの目当は三百円の金ではなく、忠吉さんを仰天させておいて食物を奪うことにあったので、もしも強盗が本物の人間だったら、忠吉さんは命はともかくとして、財布ごと金を盗られていたに違いない。

話は少し戻るが、忠吉さんに猟銃を突きつけて脅迫した六人の男（虚像）は幻覚だったとして、狐どもにどうしてそんな幻術、あるいは詐術が行えるのか、その辺に私はこだわり続けているのである。前出の「狐井戸」の女と云い、北伊勢の喜十郎さんや由造さんをだました女と云い、狐は「女」に化けるという巷間の相場通りだが、朽木村の金子という猟師の場合は、巡査に化けて夫妻の目を欺いたし、ここ和井内では集団の猟銃強盗に化けている。意外と〝芸域〟が広いのである。金子夫妻の場合は共同幻覚だといえば、そうであったかも知れない。金子庄助をたぶらかした狐は〝狩猟法〟を知っていたし、石館忠吉を脅かした狐どもは、三十五円なにがしかの現金と、大枚三百円の差額を知っていたところがたいへん面白い。それは自家暗示なのか、相手方の読心術なのか。ちょっと脇道に外れるが、ここで「狐狗狸（こっくり）さん」のことに少し触れておきたい。

もう三十年以上も前のことだが、京都大徳寺の近くで、気のおけぬ昔の仲間が小さな集会を催した。私は所用があって一時間ほど遅れて行ったところ、すでに集まった十人ほどの友だちが「狐狗狸」呼びに興じている最中であった。遅れた私は、末座でしばらくそれを見物した。

見ていると、質問者が尋ねることにはいちいち適確な答を出す。一から十までの数字と、五十音の片仮名と濁音表を書いた大きい紙がひろげてあって、三本の長い箸の一本（親箸とか呼んでいた）が、尋ねる事柄に対して文字を抑えて答を綴るのである。回答が適確なのは、質問者が自分の知っていることを尋ねるからである。訊く前に、尋ねる人は答を自分の意中に用意している。だからその通りの回答が出るのである。まったく関知せぬことを訊くと、人のよろこびそうな、平素の願望に近いような、ほどの好い答が出る。しばらく見ていて、一種の読心術だと私は思った。そのうち、私にも訊いてみろというので、

「オイ、コラ、おまえは狐か狸か知らんが、どこから出て来たのじゃ」

と訊くと、

「ダイトクジノ　タヌキデス」

と出た。慇懃(いんぎん)丁重に訊くと、尊大に答えるし、こちらが高飛車に出ると、相手は低姿勢になる。

「てめえは畜生の分際しやァがって、人間様をからかうとはけしからんやないか！」

「ドウモ　スミマセン」

と出たところで、冬の夜だし、私は小便を我慢していたものだから、便所に立った。長い通り庭の奥に便所はある。用をすませて出て来ようとすると、皆がいる部屋の方で、ドッと笑い声が起きた。部屋に戻ると、また哄笑が始まった。

「よォ、山本さん。さっき、面白いことを書きよったでー。あのな、〈イヤナヤツガキタ　アイツハキライヤ　モウカエル〉……」

そこでまた皆が笑った。狐狗狸さんの箸はすでに寝かされていた。見ると、表側の障子が三寸ほど開いていて、丸い盆に油揚げが二枚と徳利が一本のせてある。わけを聞くと、狐狗狸さんへの御供え（御礼）だという。「なにを馬鹿なー。さんざん人をからかっておいて、そのうえ酒や油揚げまでせしめるとは僭越な。俺が代りに頂戴する」といって、油揚げは火鉢の炭火で焼き、酒は冷やのままで私が飲んだ。他の者にもすすめたけれど、みんないやがって手を出さなかった。そのまま放置しておくと、知らぬ間に酒も油揚げもなくなるのだそうである。この一件で思うのは、こちらの意識や心理がかなり鋭敏に反映するということである。

心霊科学を少しばかりかじっている私の知人が、こんなことを言っていた。

「生物の最高存在は人間なのだ。他の動物たちは、最終的に人間たらんことをこころざして、無限の輪の上を走りつづけている。狐や狸が人間に化けるのは、要するに、人間になりたいのだよ。しかし、とても一朝一夕にはいかないから、せめて近づくか、化けるしかない。人間に対する羨望か、憧れのなせるわざだと思う」

そうだとすれば、もっと人間に近い牛や馬や豚などが、なぜ人間に化けないのか、と尋ねたら、かれらは従順で、人間に馴染んでいれば食うための心配がないから、化ける必要がないし、その資質もないのだと言った。以下は、その知人と私との間でやりとりした談義の撮要である。

幽霊の話はさておいて、狐や狸が化けたという事件を、近頃はまったく聞かなくなったのは何故か、ということになるのだが、狐狸の仲間で劫（こう）を経たやつは、幽質素という、ごく幽（かす）かな電波のようなものを使って人間の意識を惑乱するのだという。幽質素は、電波よりもずっと微弱なものだから幽波といってもよいというのが知人の見解で、これは人間にもある。時に念波となって作用するもので、それは超空間的に働くから、いわゆる「虫の知らせ」や「胸騒ぎ」といった奇異を呼ぶのである。念波は個人差が大きく、ひどく鈍い人もある。

昔、狐狸のたぐいが化ける術を使ったのは、先の幽質素を操作する能力があったからで、たいてい夕闇の迫る頃から夜更けにかけて、つまり光のない世界で演じられたものである。賑やかな場所や明るいところでは、音波や光波に妨げられて、幽波の働く余地がない。ごく微弱な幽波よりも、音波や光波は人間の五官に捉えられるし、より物質に近いものである。したがって狐狸が化けるのは、音や光の届かぬ静かな暗闇が好都合だということになる。われわれの祖先は、それを狐狸の超能力か神通力と考えていた。その〝通力〟が通用しなくなったのは、人間が使う電波の方がはるかに強くなったからである。映像や音響に変るほどの強い電波が、宇宙衛星と抱き合せで、四六時中、地球を包むようになってから、狐狸の持つ微弱な幽波は制圧されてしまって、機能を発揮できなくなったばかりか、人間もまた勘が鈍って、どうしようもない巨大メカニズムの部品に化しつつあるということである。

大昔は、無害有為の狐や狸がいたことを古人は語り伝えている。それは人間側の対応の仕方が、近世とはまるで違っていたせいではあるまいか。上州茂林寺の文福茶釜などはその代表的なものである。単一民族のわが国では、人間に化けたりする狐狸の仲間を異人のたぐいと同一視していた形跡があるのに、今やかれらは女の襟巻か、筆や歯ブラシの素材にしか評価されなくなってしまった。

# 口裂け女

信楽(しがらき)焼で知られる信楽の町は、滋賀県の最南部にある。正しくは甲賀郡信楽町で、天平時代、聖武帝の離宮があった。紫香楽(しがらき)宮址がそれだが、陶磁器の起源もその頃にさかのぼるといわれる。紫香楽宮が営まれた場所は、町の中心部から七キロほど北東寄りの黄瀬(きのせ)というところである。

この辺りが信楽町に編入される以前は、雲井村であった。焼物の中心が離宮を敬遠したのか、南に移り、離宮が無人になってからは、往古よりもむしろさびれたのではないかと想像される。雲井村の名は消えて、今は国鉄信楽線の駅名としてのこるだけとなったが、地元をあげての乗車奨励運動にもかかわらず、延長一五キロに足らぬこのローカル線が廃止されたら、「雲井」の名も共に消えてしまうことになる。

昔の雲井村は、瀬田川にそそぐ大戸川のみなかみであった。今もそのことに変りはないが、人家の数は、明治の頃の半分ほどに減ったそうである。諸方から流下する源流の水は一旦この辺りに集まって雲井川となり、大戸川と名を変えるが、水の集まるこの辺りの台地に紫香楽宮址がある。この一帯を黄瀬というのは、その昔、雲井川から木材を流して搬出した「木の瀬」の故事に由来するといわれる。東海道の三雲から勅使野を経て峠をくだると、飯道山西面の扇状地に展開する閑静な山里である。

この雲井村に、黄瀬周六という人がいた。明治二十年、村の素封家の長男に生まれ、八十八歳まで息災で通した、おそろしく博覧強記の人であった。黄瀬の地名を苗字とする家はこの土地に何軒もあるが、周六さんが生まれた家は、幼少時代、どの部屋の戸棚や抽出しを開けても、たいていどこからでも銭が出てきたというから、よほど裕福に育ったのであろう。人柄にもそれが窺われた。

この信楽郷も甲賀武士の分布圏で、雲井も含めて五氏がこの地に住みついている。中世動乱期の武士たちが、戦に疲れ、乱に飽き、武家社会に見切りをつけて甲賀の里に流れ集まった、いわば、隠栖の地でもあった。甲賀武士を語る文献の多くが、この地方を指して山岳地帯と云い、あるいは嶮岨、深山幽谷などの形容を好んで用いているのを見るが、これはあたらない。世にいう〈甲賀流忍術〉にからめてそんな形容が生まれたのだと思うが、伊賀に続く地形の複雑さは目についても、十津川郷や九州の椎葉・五家荘、越中五箇山、四国の祖谷などの嶮岨にくらべたら、甲賀や伊賀は段丘地帯である。

黄瀬周六さんの話に戻ろう。

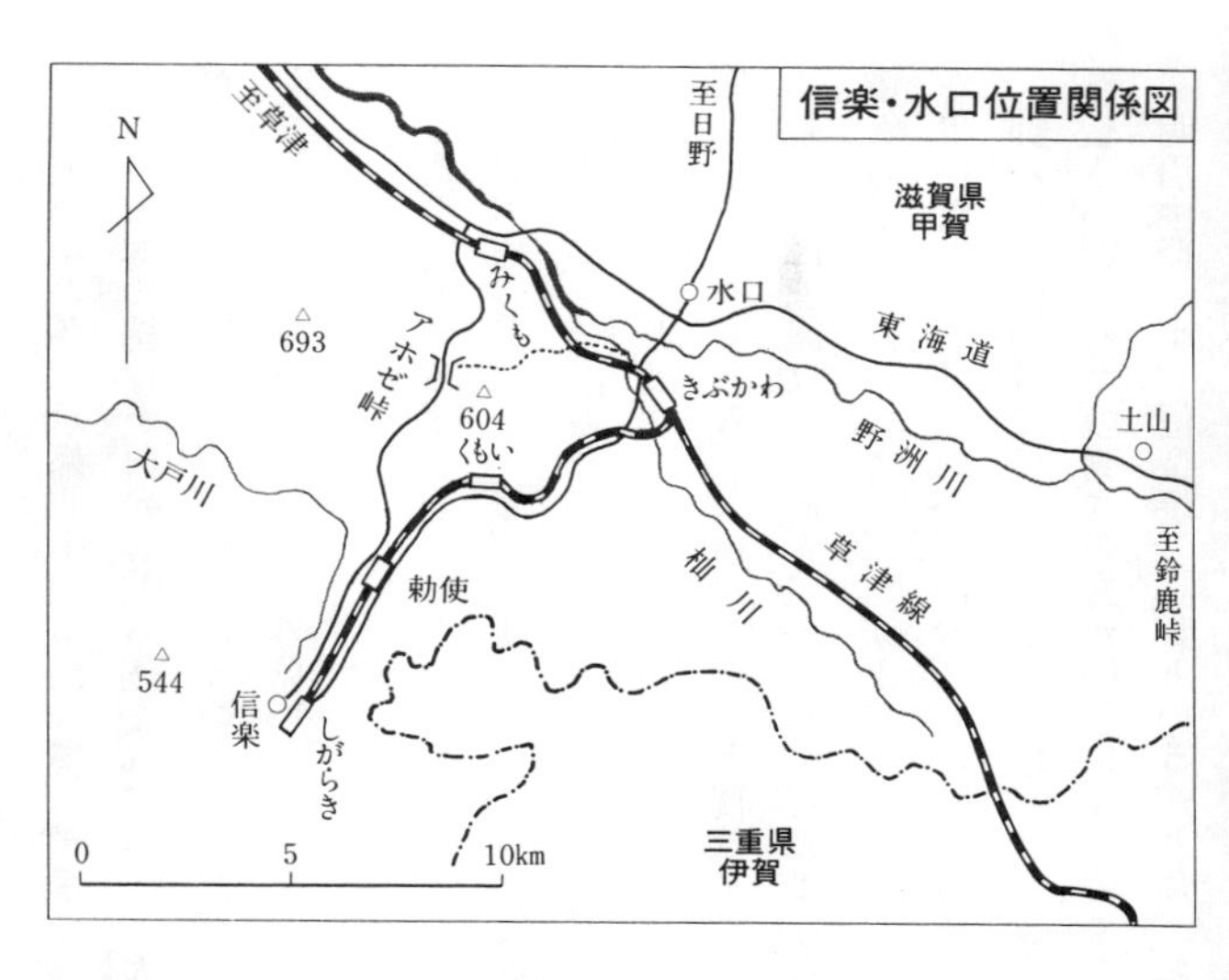


戦前は、甲賀地方にも木挽(こび)き稼業に従事する人が大勢いて、中には正月を送ると、五月の農繁期を迎えるまで、伊勢や山城、丹波方面を働き場に出向く人も少なくなかった。明治初年頃の手間賃で、杉板一間(けん)挽くと十銭、一日中働いて二間半から三間位しか挽けなかったという。横挽きという幅の広い鋸(のこぎり)を水平に使って厚板を挽くのだから、全身運動である。背骨や腰の骨が軋(きし)むような重労働であった。飯の量は、普通の大工の倍ほども食ったという。

周六さんの縁辺に太造という少年がいて、年端もいかぬうちから木挽きの見習をやらされていた。太造が十四歳の年の冬、京都北山の鞍馬の奥へ親子で働きに出ていたときのこと、挽いていた杉の大木に銃弾が何発も撃ち込まれていて、大鋸（おおが）の歯が二枚欠けた。猟銃の流れ弾だったのかも知れない。鞍馬辺りの杉は成長が好いから、少々の弾痕は年輪が包み込んでしまう。樹皮を剝いでも外見では分らない。時には尖った石が入っていることもある。

鉄道が開通するずっと以前のことで、その年の冬は雪が深かったという。ちなみに東海道本線の米原—大津間が開通して全線が完成したのは明治二十二年夏、草津線はそれより半年ほど遅れて途中の三雲までが開通した。汽車があればこの話は違ったものになっていたはずだが、太造の父親は、少年に命じて、甲賀の自宅まで取り替えに帰らせたそうである。鞍馬の本町か上賀茂まで出れば、いくらでも取り替えがきいたであろうに、親は目前の支出を惜しんだのであろうか。息子の太造は、雪深い鞍馬の奥から大鋸をかついで、二日がかりで甲賀との間を歩いて往復している。どのコースを歩いたか分明でないが、めっぽうな脚の強さである。

脚の強さにかけては、女もひけを取らなかった話がある。これは脚ばかりでなく、むしろ「こころ」の勁（つよ）さの方が印象に深いのである。

明治中期の頃、信楽焼の長野という辺りに、おつやさんという人がいた。近在では名代の美女で、五十をすぎてからも浮名を立てたという評判の人であった。このおつやさんが、〝口裂け女〟になったのは、二十六歳の頃だったという。十六の時、水口（東海道の城下町）の商家から是非にと望まれて嫁いだが、数年後、夫に先立たれ、子がなかったので実家に帰った。彼女の口が耳まで裂けたのは、それから間もない頃であった。但し、昼間はごく普通の口許をした、よく働く農家の女であった。

おつやさんには、ひそかな相思の男がいて、その人はかつての婚家に近い水口の在方に住んでいた。彼女は夜な夜な、男のもとへ通ったという。通男も通女も、どちらも男の方から女のもとへ通うのだが、どういうわけがあったのか、これは女の方から通いつづけた珍しい例である。信楽から水口までは、山越えで片道一五キロはある。しかも、山越えの道はアセボ峠といって、夏は越えるだけで汗疹が吹くといわれる難路であった。

当時、信楽地方では、真っ赤な口が耳まで裂けた若い女が、いずこへとも知れず丑刻参りをするという噂が立った。見た人がいたのである。丑刻参りは、悪鬼神の威力をかりて祈願を達成するのと、恨みの相手を呪い殺すための呪法とされていた。その姿は、見てもいけないし、他人に見られてもいけないといわれていた。草木も眠る丑刻（午前二時頃）とさだめたのはそのためである。もし人に見られたら、見た相手を殺さぬと効験がないというほどの秘め事だから、世間ではたいそう恐ろしい行為と考えられていたようである。

おつやさんはそこに目をつけた。家人が寝しずまる時分に家を抜けだした彼女は、夜道の危難を避けるため、村外れの野小屋で着衣を白装束に改め、髪をふり乱し、頭に五徳（火鉢などの火の上に置く三脚か四脚の鉄輪）を戴いて、ローソクを三本立てた。胸に円形の鏡をつるして、手には研ぎすました鎌をかざすという凄まじいいでたちをととのえた。そのうえ、目の縁を眉墨で隈取り、口が耳まで裂けたのだから、俗信のさかんだったその当時は、般若面か夜叉のたぐいに見えたかも知れない。

頭のローソクの火は、顔面に凄味を加えるのと、足もとを照らす効果があっただろう。どれほどの期間通ったか知らぬが、彼女は途中で何者にも襲われたためしがなかったという。そうして水口まで来ると、宿場外れの乞食墓（無縁墓地）で衣裳替えをした。水口は東海道の宿場町でもあったから、行き倒れで落命した諸国の旅人を葬る墓地があった。日が暮れると、誰も近寄ることのない場所である。そこで背負って来たふろしき包みから長襦袢を取り出して着替えると、胸の鏡を塔婆に立てかけて、目の隈を拭き落し、髪をすいて、色直しをした。閨入りの支度を無縁墓地でととのえたのである。

そんなことを、彼女の口から告白したのではない。相手の男が見届けたのである。あの長い夜の山道は、屈強な男でも、よほど火急な場合でない限り一人ではめったに歩かないのに、彼女は大胆にも通ってくる。どうしてやってくるのか、途中で見届けてやろうと、宿場外れの無縁墓地に隠れて待ち伏せしていた。男の方から彼女のもとへ通ったのは二、三度きり、女が体をこわして寝込んだときだけであった。思人（おもいびと）の消息をたしかめる手だては、人に頼むか、自分で歩いて行くしかなかった時代である。

いつも彼女がやってくる頃合いを見計らって、墓場にひそんでいると、遠くからチラチラと小さな火がゆらめいて、闇の中に姿を現したのは、白装束に丑刻参りの妖婦であった。次第に近づいてくるその女は、朱色の口が耳まで裂けていた。……が、よく見ると、たしかにそれはおつやさんに違いなかった。男は息を呑んで見つめた。彼女は墓地に踏み込んでくると、まず口許に手をやって、耳まで裂けた口を取り外した。何のことはない。太い人参を三日月型に切ってくわえていたのである。彼女がローソクを吹き消したとき、男はにわかにいたずら気を起して、凄味をきかせた声色をつかうと闇の中を女に迫った。

「ヤイ、そこの女！　身ぐるみ脱いで裸になれ！」

しかし、女はおどろかなかった。

「まあ、あんた！　迎えに来てくれたのー」

そう叫ぶと、暗がりの中を駆け寄って抱きついてきたそうである。

男はそのことをのろけて、死ぬまで自慢していた。おつやさんは長命で、戦後もしばらく生きていたそうだから、これはそんなに古い話ではない。彼女は一度も男の家に泊まり込んだことはなく、夜が明けるまでに立ち帰った。そして、翌日は何くわぬ顔で田畑に出て働いていたという。

# 山棲み遙か

# 原生林周辺の隠れ里

ここより奥に人里はない。——そう思ってくらしていたら、ある日、軒下の川に上流から箸が流れて来たのでおどろいた、という口碑が各地にある。流れて来たものは杓子（しゃくし）だったり、木の椀であったりするが、いずれも流下物は食器のたぐいである。食器は人間のたつきを象徴するものだ。今でもそうだが、山ぐらしの洗い物は、おおむね軒下の川でする。ひと抱えにして流れの際まで持ち運んだ物が、時にうっかりと手許を離れて、流れに乗ってしまったことがあったのだろう。

福知山盆地を貫流して若狭湾にそそぐ由良（ゆら）川（流程一五〇キロ）は、京都・滋賀・福井の三府県に跨（また）がる三国（みくに）岳にその源流がある。この川のみなかみは芦生（あしう）であった。芦生は明治二十二年まで「芦生村」で、その一番奥の在所が灰野というところだったが、ここから奥には人家がないと思われていた。ところがある日、川上の方から流れ漂ってきた杓子を灰野の人が見つけて、たいへんおどろいたという。忽ち物議の種となり、探検隊がみなかみへ差し向けられた。明治三十三年のことである。

今でもそうだが、灰野から由良川の本流沿いに奥地へ入るのは容易ではない。七瀬

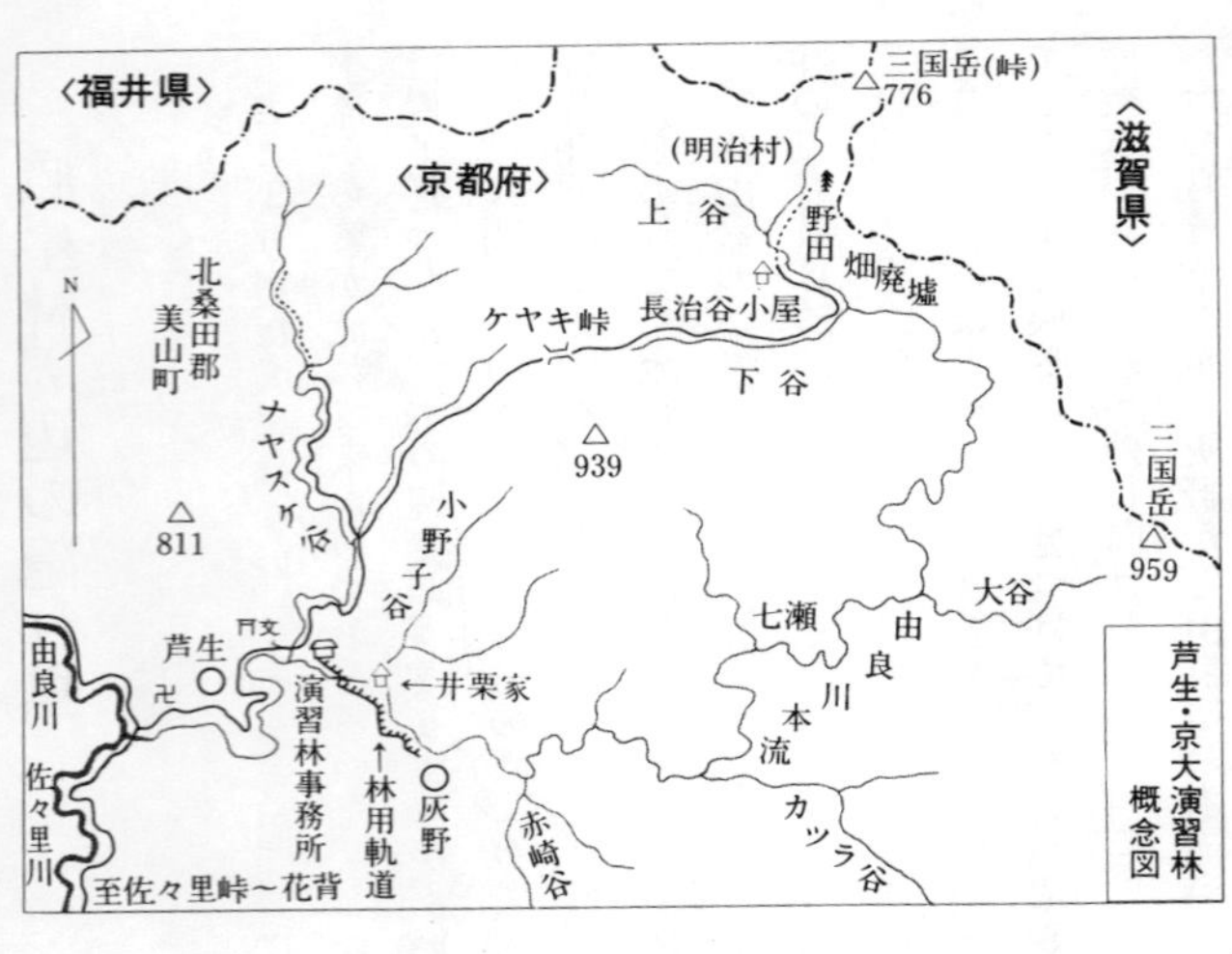

芦生・京大演習林概念図

という辺りまでは比較的らくだが、その辺から奥には岩壁や大淵の危険地帯がひしめいている。その時代、灰野から上流へ向う道はまったくなかった。おそらく芦生の須後というところから、内杉谷に沿って欅坂を越えたのだろうと思う。欅坂は峠になっていて、ここをくだると下谷の水源に出合う。下谷は源流の一部で、この辺は地形のおだやかな栃の原生林だから、昔からの通り逕になっていた。下谷を三キロほどくだると、上谷と出合う地点がある。ここから下流が由良川水源地帯の核心部で、その途中はとても人の住める場所ではない。人が住みつくとすれば、下谷と上谷が出合う地帯からさらに奥の方だろう。——探検隊は、そう踏んだに違いない。

合流地から上谷に沿ってさかのぼると、一帯は高原状の原生林である。徐々に谷間がひろがって、長治(ちょうじ)谷の台地に至るが、開墾して家を建てるとすれば、ここが最初の適地である。昭和のはじめ頃、ここにヨーロッパ風の山小屋が建てられ、長治谷の小屋として親しまれるようになったが、明治の頃は斧(おの)を知らぬ原生林であった。さらにのぼると、左岸に枕谷が出合う。谷といっても一面の湿地帯で、じめじめとした叢生の間を小流が這っていて、滋賀県の朽木村へ通じる小逕になっている。標高六五〇メートル地帯だ。熊笹ばかりの、行方も分らぬこんな奥地には、芦生の住人でさえ踏み込むことはなかったであろう。ここから三国峠を跨(また)ぐと、目の下は朽木村の生杉(おいすぎ)である。

〝隠れ里〟が見つかったのは、枕谷を見送って、本流をさらに一キロほどのぼった辺りであった。そこは野田畑と呼ばれているが、茫々とした芒(すすき)と熊笹の湿地帯である。その向う側の山裾に、ひときわ目立つ二本の大杉と、その中ほどに整然とした枝振りの黒松の古木がそびえている。あきらかに人が植えたものである。かつてその辺りに三軒の人家があった。下流の里からのぼって来た探検隊と、山越えでやって来てそこに住みついた木地師の一団が、ここではじめて顔を合せたわけである。その出合いは、おそらく劇的なものであっただろう。

木地師たちは、明治五年頃、滋賀県の小椋(おぐら)村からやって来たことが判明した。多分、小椋村から直接にではなく、承平年間（一〇世紀の頃）に湖東から朽木村へ移住して来た一族の流れが、生杉から山を越えてここへ落ちついたのに違いない。野田畑の木地屋は三軒とも小椋姓を名乗り、杓子や椀の製造と狩猟を生業にしていたといわれる。芦生の人たちは、ここを「明治村」と呼ぶことにした。明治に発生した孤村である。今ならさしずめ〝桃源境〟といわれるところだが、生活のきびしさは殊の外であっただろう。大正初年、明治村の人びとは京都・滋賀方面へ転出して、ここは明治の終りとともに廃村になった。

その昔、野田畑の明治村で生まれた娘が芦生へ嫁いで来て、最近まで健在だったという。九十を越えていたそうだが、晩年になっても、野田畑でくらした頃の話は口にしなかったそうだ。人に聞かれても、「昔のことはみんな忘れた」といって、その生い立ちを語ったことは一度もなかったという。辛い記憶しかなかったのだろうか。

その木地屋の里を発見した灰野の人たちは、大正初年から再び由良川最上流の住人となったわけだが、その灰野も廃村になって、今は土台石だけがのこっている。芦生へ出た人と、縁故をたよって京都へ出た人と、二手に別れたのである。それまで、ここには六軒の人家があって、私が訪ねた当初はまだ人が住んでいた。萱屋根の棟に千木を組んだ立派な家々だったが、昭和三十六年、芦生に電灯がつくようになったとき、灰野は配線地区から外された。こんな時代になってさえ電灯もつかぬようでは――、という無念の思いが、故郷灰野への愛着を断ち切ったのであろう。

　町でくらせば便利なことは皆知っているが、あえて不便な山里に住みついたのは、それなりの理由があってのことに違いない。地図も情報も普及しなかった頃、長い山道を歩きつづけて、ようやくたどりついた人里が、おそらくはここが一番奥の在所だと思ったのに、まだその奥にも人里があったという思い出は私にもある。もっと遠い昔、さし迫った事情から市井の巷を抜け出して山に籠ったとか、ある志を抱いて山地に移住した人びとは、源平の昔なら知らず、近世になってからは、先住者との利害の調整が厄介な問題であったと思われる。生活には耕作と水利が伴うから、いきおい川筋の沖積地にその場を求めたはずである。好適の地がすでに先住者に占められていたとすれば、さらにその上流へとさかのぼらねばならなかった。奥地に向うほど立地条件は劣悪になる。

　由良川源流の野田畑のごときはその好例だが、こちらは川下からのぼって来たのではなく、反対側から山を越えて来たのである。同様の例は他の地方にも少なくないが、下流の里との交渉は昔からさほど親密でないのが通例である。戦前、野田畑の湿原の一部を開墾して水田を造り、米作を試みたことがあったそうだが、収穫は播種の分量といくらも違わなかったということである。

芦生から奥の山地は、京都大学の演習林である。面積は四千二百ヘクタール。一般には芦生原生林として知られているが、全域がそうだというわけではない。演習林だから、伐採も植林もやる。それらはすべて研究のために行われてきたから、貴重な部分は大切に保存されているが、昔ほどではない。植物は八百八十種、他の地域では見ることのできない珍しいものが多い。大正十年、当時の知井(ちい)村(今の美山(みやま)町)から九十九年契約で京都大学が演習林として借り受けた。その頃の芦生は戸数三十二、人数百四十五と記録に見えるが、最近では半減している。

芦生の人びとは、何らかの容(かたち)で演習林に関与していて、戸数も人数も減った辺境の過疎地にしては、どこかしら活気がある。道路を挟んで、山菜組合の加工場と、木工工芸品も併せた売店があるせいだろうか。いつ通っても機械が廻る音と、忙しそうに立ち働く人の姿が見える。

由良川上流のヤマメを釣るだけが目的なら、京都、大阪から日帰りで行けぬことはないが、ここまでやって来て、ただそれだけでそそくさと帰るのはあまりに風情がなさすぎる。何か大きなものを取り残したような気になるのである。山村は、外から通り一遍にのぞいてまわるだけでは何も分らない。せいぜいのどかな風景が目に映るだけだ。山里はそこで幾晩かの夜々をすごしてこそ、その深さに触れることができる。演習林の外来者用宿舎に泊れば安あがりだが、林内への立入りも宿泊も、事前に大学本部の許可をもらっておかねばならない。安いことはおどろくばかりで、私は一泊三百円時代から厄介になっているが、林学の有名教授らと合宿したときは百円にまけてくれた。但し、自炊である。山菜組合の裏山に「芦生山の家」があって、ここも安いが、一番好いのは、里の住人とこころやすくなっておくことである。当世流行(はやり)の民宿ではないが、気心の通じた民家ですすめられるままに「草鞋(わらじ)を脱げる」ようになりたい。お客向けでない、なりわいの話が聞けるからである。

山菜組合を主導している土地っ子の井栗登さんは、美山町の町議会にも出ている〝みなかみ〟の住人であり、議員でもある。「野田畑にも灰野にも人が住まんようになった今は、わしの小便が由良川の源流ですのや」——一杯機嫌でそんな冗談をとばすほど、この人の家は文字通り「山奥の一軒家」なのである。成長した子供らを京のまちに送り出して、今は奥さんと二人きりのひっそりとした山ぐらしだが、なかなかどうして、昼間は芦生でも一番忙しい人である。

井栗さんの一軒家は、国土地理院発行の二万五千分の一図に厳然と載っている。それより奥の灰野は、地名だけをのこして「荒地」の記号になっているが、井栗家の記号は稲田とともに二十一世紀以後ものこりそうである。演習林の事務所前からトロッコの軌道沿いに歩いてのぼると、間もなく右に曲って由良川の鉄橋を渡る。この軽便鉄道は昔、七瀬谷の出合まで一〇キロほどの間を往来していたのだが、後に桂谷の出合まで短縮され、近頃は灰野が終点になっている。井栗さんの家は、鉄橋を渡って六〇〇メートルほど軌道伝いに奥へ行くと、意外なところに水田がひらけて、それが尽きる辺りの川べりにある。川の中を釣りのぼって、いくばくかの曲流を縫って行くと、川頭の上に井栗家の棟が現れる。はじめて由良川の上流へ釣りに来た人が、何気なく川の中を歩いて来て、思わずハッとするのがこの家である。棟に千木を組んだ宏壮な萱屋根が周囲の森林と調和して、現代離れした一幅の絵になっている。軌道を歩いても川をのぼっても、否応なしに目に入る場所だ。

「ラチもない人間が時折り訪ねてくることがありますがね、人よりも、獣の方がよけい来よります」

近所に誰も住んでいないということは、心細いというよりも、むしろ気楽で好いと井栗さんはいう。それぐらいの勁（つよ）さがなくてはこういうところに住めないだろう。軒端の小屋に鶏を飼ってあるが、そいつを狙って、狐や狸がよくやってくる。

「この冬は雪が深くて、軒まで埋まってしまいましたよ。日が暮れると、あんまりうるさく出てきよるもんやから、そこの庭先のモミジの木に罠を仕掛けたら、一発でかかりましたねえ」

獲れたのは狸であった。井栗さんが見あげるモミジの木は、南からの陽差しを通すためにてっぺんを剪(き)って、横ひろがりに抑えてある。二メートル半位の高さに見えるが、雪はそのてっぺんまで積ったそうだ。罠にかかった狸は、庭木の頂上で獲れたのである。——これがその胆(い)です。——と、黒く干しあがったのを取り出してきた。狸の他に、猪や熊や、大小さまざまの胆がある。すべて井栗さんが射とめた獲物である。クスリになるのだ。医者にも薬局にも遙かに遠い山里には、身近な天産物を薬用にする知恵がある。

この人の顔を見ていると（奥さんもそうだが）、地方累代の分権者の家に生まれた人相に思えてくる。五代や十代で出来あがった顔ではなく、家の歴史と芦生の風土を表象する品位を感じさせる。都会風では決してないが、恒産を持たなかった山子(やまご)の顔でもない。それでいて、れっきとした共産党員であるところがたいへん面白いのである。

聞いておどろいたのは、井栗家の祖先は、川下からのぼって来たのではなく、川上からくだって来たということであった。野田畑の木地屋一族が近江国からやってくる以前、すでにこの原生林の奥にはいくつかの小さな在所があったというのである。道もなかったその昔、奥地の住人はどうして自給自足のくらしを立てていたのか。最初はお伽話のような気分で私は聞いていたが、聞くほどに痛く心を打たれた。享保年間（一七一六から二〇年間）以来、天明・天保時代へと続いた歴史的な大飢饉が、深山幽谷の村を葬ったのである。飢えたのは人間ばかりでなく、野獣や小鳥も餓死した。大飢饉の年には、山の幸もなくなるのである。（当時の模様は熊谷栄三郎氏の『山釣りのロンド』〈山と溪谷社〉に詳しい）

打ち続く飢饉に耐えかねて、江戸中期に村を離れた人もいたが、最後まで頑張った井栗家の祖先も、明治期に入ってから芦生の里へくだって来たのだという。山ぐらしの沿革とその実態は、今からでは探りようもないほどふところが深いことを思い知るのみである。

ひと昔前、この由良川源流にダムを造るという噂が流れていたが、その後、立ち消えになっていた。伝え聞くところによると、またダムの話が再燃しているそうである。開発と、自然環境の保全を両立させるのはむずかしい。この二つの課題を正面に据えて二者択一のどたん場に持ち込んでしまうと、これまでの例ではつねに開発が優先してきた。京大関係者は反対しているそうだが、美山町ではダム賛成派の人が少なくないと聞く。人造湖にボートを浮かべて、釣りや森林浴の観光客を誘致する案も出ているとか……。万が一、ここがダムになったら、総面積一万ヘクタールにも及ぶ原生林はどうなるのであろう。そこに安住している野生動物はどこへ行くだろうか。おとなしい鹿や、狐や狸はともかく、推定数百頭といわれる熊や猪はどうするのか。かけ替えのない棲家を人造湖に奪われた熊や猪が、京都の繁華街に出て来ないまでも、隣接する左京区の久多や、芦生の里へ、昼の日なかにものこのこと姿を現すのは必定である。そんな物騒なところへ家族連れでのこのこと遊びにくる人はいるまいし、どこよりも手を焼くのは地元である。

# 炭山の日々

## 居候の記

鈴鹿山地は峠の多いところである。京都の丹波山地には及ばぬと思うが、南は東海道の鈴鹿峠から北にかけて、おそらく三十を越すだろう。近江と伊勢の国境を跨(また)ぐ分水嶺の峠に加えて、湖東に裾をのばす前衛峰の間を往来した昔の峠も相当な数にのぼる。

湖東各地から伊勢方面に通じる道は、愛知(えち)川渓谷の永源寺町で一つにまとまって鈴鹿山地を越えるのだが、この道が名にし負う八風(はっぷう)街道である。黒装束の甲賀忍者が、颯爽と夜討ち朝駆けで往来したような気を持たせるが、名の起りは、神武東征の時、天日別命(あめのひわけのみこと)の攻撃に対して、伊勢津彦命(いせつひこのみこと)が八風を吹き起して海の彼方に消え去ったという『伊勢風土記』の説話に始まるといわれる。それはウソだと思うが、八風とは東西南北四方八方からの風である。多分、巨大な旋風のことだろう。忍術か幻術の草分けだったのかも知れない。

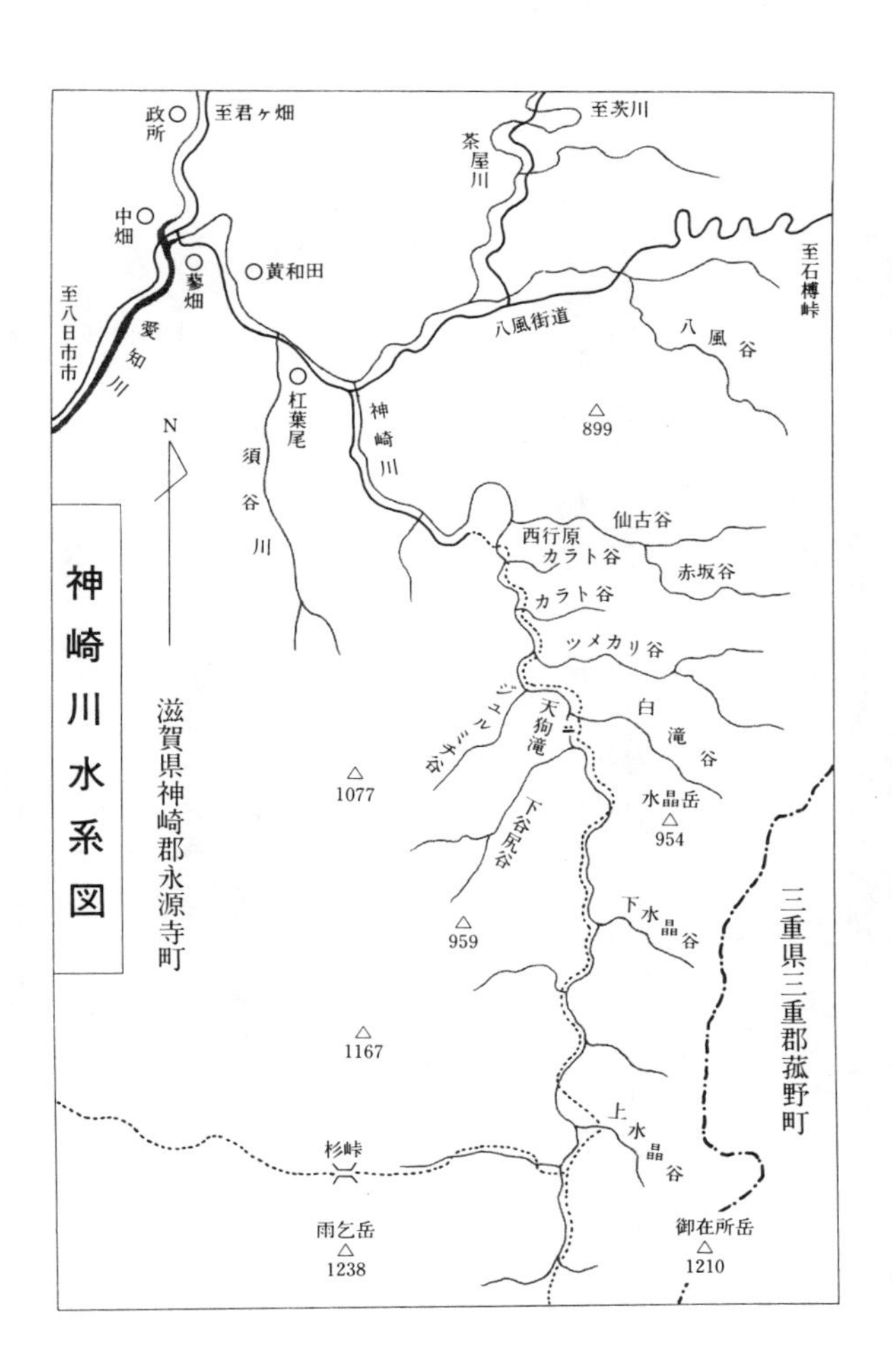
神崎川水系図
滋賀県神崎郡永源寺町
三重県三重郡菰野町
至君ヶ畑
至茨川
至石榑峠
至八日市市
政所
中畑
蓼畑
黄和田
杠葉尾
茶屋川
愛知川
須谷川
神崎川
八風街道
八風谷
899
仙古谷
西行原
カラト谷
赤坂谷
カラト谷
ツメカリ谷
ジュルミチ谷
天狗滝
白滝谷
1077
下谷尻谷
水晶岳
954
959
下水晶谷
1167
上水晶谷
杉峠
雨乞岳
1238
御在所岳
1210
N

この街道は鈴鹿のふところに割り込んだのち、またいくつかの川の分流に沿って、分水嶺の鞍部に向って行くが、本街道はどの脇道にも外れず、細く嶮（けわ）しい山道になって昔の峠を越えるのである。

湖東平野の八日市から東に通じるこの八風街道の風情がたいへん好きで、戦後十年ほどのあいだ、頻繁に出向いた時期がある。名神高速道路など夢想もできなかった頃で、ボンネット付きの乗合自動車が中畑か政所（まんどころ）まで、古風な家並の狭い街道を、〝八風〟の名にふさわしくない鈍足でゴトゴト走っていた。埃っぽく、人なつかしい田舎道であった。

奥地の県境を跨ぐ八風峠は、ひとつ北側の石榑（いしぐれ）峠が車道になってからさびれたけれど、昔は近江商人の交易路であったし、幾多の戦国武将が策を胸に秘めて越えた山道である。石榑峠（六八九メートル）より二五〇メートルほど高い。眼下を流れる八風谷は白い花崗岩質の明るい溪谷で、スラブ状の滑岩をすべり落ちた水はエメラルドグリーンにきらめいており、鈴鹿南部の溪流の類型を象徴している観がある。

愛知川は、中流の山上（やまがみ）の集落をぬけた辺りから両岸に山が迫って、平野を流れていた川は溪谷に変貌する。中畑で御池（おいけ）川を見送って右すると、すぐに蓼畑（たてはた）である。昔、惟喬（これたか）親王がこの地を訪れたとき、土地人が愛知川の鮎を鮓（すし）にして、蓼（たで）を添えてすすめたところ、これを賞味した親王が「蓼畑」と命名した、という伝説がある。そんな昔から鮎と蓼との合性は知られていたのであろうか。古来、鈴鹿の山間集落には優雅な地名が多い。ここから奥につづく黄和田、杠葉尾もそれにあたる。杠葉尾は愛知川本流最奥の集落で、八風街道はここで人里と別れて峠道になってゆく。須谷川が愛知川に出合う扇状台地にひらけた杠葉尾は、戦後しばらくは七十数戸、四百人近い人口だったが、年々減りつづけ、近年は三百人台を割るようになった。

　この杠葉尾の奥寄りに、仲田佐平という人がいた。私より二十ほど年上だった。当時は五十前後で、山林と茶園をやっていたが、さほど仕事好きではなく、ちょっと風変りな、飄々としたところがあった。杠葉尾の奥で愛知川は神崎川と茶屋川に分れ、街道もその辺りで二分する。その岐れ道の八風街道に架る神崎橋にもたれて、あぐらをかいてタバコをすっているおっさんがいた。それが仲田佐平さんであった。山仕事の道具を入れた藁細工の袋を小脇にかかえ、地下足袋姿に鉢巻をしめた仕事通いのいでたちで、柄の短いキセルできざみタバコをすっているのであった。通りすがりに会釈すると、

「どこの帰りや？」

と、抜けた歯の隙間から息が洩れるような言葉つきで聞かれた。

「この奥の、白滝谷の手前まで行って、イワナを釣って来ましたのや」

というと、おっさんはあぐらの膝を組み直すように身を乗りだして、

「天狗の滝下までは行かなんだのか？　急がなんだら、ちょっと休んで行けよ」

釣り好きの人らしいので、私はおっさんと並んで橋の際に腰をおろした。

「きょうは、ツメカリ谷の上流まで行きましたのや。尺にはちょっと足らんけど、重くなったから、もう帰ろうと思って……」

腰の魚籠（びく）には二十七、八センチ位の型ぞろいで、二十本余りのイワナが収まっていた。

「おまはん、イワナ釣りは上手とみえるが、この川にはもっと大きいのがおるでー」

それは分っているが、尺上（がみ）はそんなに数が釣れるものではない。見ると、おっさんはポンと音をさせて丸い吸殻を掌（てのひら）に噴き落すと、次の新しいきざみをキセルに詰めるあいだ、掌を灰皿代りに、噴きだした小さい火の塊りを掌中にころがしながら次の火種にしている。掌は、足裏の踵（かかと）と同じぐらい部厚いのである。昔の百姓や樵夫（きこり）の年寄たちは、例外なくそんなごつい掌をしていた。縄を綯（な）ったり、鋤鍬（すきくわ）や鉈（なた）を日課のように使って何十年もたつと、掌は太鼓の皮のように丈夫になって、火をつかんでもすぐには火傷しなくなるのである。

しばらく雑談してから、おっさんはヤッコラサと立ちあがった。

「おまはん、きょうはどこで泊るんや？」

「中畑の肥夏屋（ひなつ）です。ゆうべから来てますのや。いつもなら、神崎川の奥で炭焼小屋に泊るのやけど、あしたは京都へ帰らねばならんので……」

「この奥の炭焼小屋ちゅうと、誰の小屋や？」

「石榑の、藤原庄造さんの小屋か、川口伝吉という、軍隊時代の先輩の小屋ですよ」

「伊勢の藤原庄造か――。川口という人は知らんけど、庄造ならよう知ってる。あれはなかなかの男や。わしと仲好しでな……。おまはん、石榑の庄造をどうして知ってるのや？」

「川で日が暮れて、なんとなくあの人の小屋をのぞいたのが縁で、仲好くなりましたのや」

「あんなとこで、日が暮れるまでイワナ釣るとは、おまはん、まちの人やのに、無鉄砲なことするのやなァ」

「雨か雪さえ降らなんだら、野宿には馴れてますから……」

歩きながら、おっさんはあきれたように、こちらの顔をジロジロながめた。

「よかったら、うちで泊ってもろうてもええのやけど、せっかく肥夏屋にたのんであるのやったら、まあ、そうしなはれ。炭焼小屋でええのやったら、秋までに小屋を建てるさかい、泊りに来いよ。古い窯がこの冬の大雪で崩れて使えんようになったから、新しいのを造ろうと思うてるのや。窯造りは大仕事やから、石榑の庄造も見に来てくれよるはずやが、その時分になったら、大きいイワナがなんぼでも釣れるでー。永源寺のモミジが染まる頃にはな、神崎川にも、あっちの茶屋川にも、オスとメスが群れ立ってせりだしてきよるのや。そらァ、見事なもんやでー」

当時、私は山地渓流の釣りをやり始めて間もない頃で、イワナが産卵する情況など見たこともなかったし、いつごろ産卵するのか、その季節さえも知らずにいた。アマゴとイワナの見さかいがやっとつきかけた時分である。紀伊半島をほろついていた頃は、めったにイワナの姿を見ることもなかった。日高川源流の小森谷の奥で釣れた魚を、これが「キリクチ」というイワナだと教えられても、アマゴとどこがどう違うのか、しっかりした印象はのこっていなかった。鈴鹿の谷川にはイワナが多いと聞いて、神崎川や御池川へ入りはじめてから、ようやく魚体の特徴がわかりかけたところで、いつごろ産卵するのか、そこまでの知見はまだなかったのである。むろん、渓流釣りの文献に触れる機会もなかった。

「――あれが、わしの家や。むさくるしいことしてるけど、こんどこっちへ来たら、泊りにこいよ。中畑から歩くより、ここの方が奥へ行くのには近いからな。わしは仲田佐平という者や。遠慮はいらんで……」

おっさんは、とある坂道の下で足をとめると、段々畑の茶園の上に見える萱葺きの大きい家を指差した。軒に続く白壁の土蔵が、裕福なくらし向きを思わせた。

その年（昭和二十三年）の秋の彼岸すぎ、しばらく振りで鈴鹿のイワナを釣りに出かけた。愛知川本流の神崎川は、中流の天狗滝附近から渓相が厳しくなって、廊下や大淵に行手を阻まれるが、上流は再び明るくひらけて、あちこちに炭焼きの煙が立ちのぼっていた。イワナはそれよりずっと下流から釣れはじめて、天狗滝の豪壮な廊下地帯へぶつかるまでに魚籠が重くなることが多かった。悪場を抜けた上流地帯へは、南側の野洲川の原頭から山越えで神崎川源流へ降りるルートがあるのだが、当時の私はそれも知らなかった。知っていたとしても、野洲川筋から入るルートは、バス終点の大河原から遙かに遠い。歩くしかなかったその頃は、神崎川のイワナ釣りは八風街道から入る方が早かったし、下流にも結構大きいイワナがいたのである。

杠葉尾を通るとき、この前に出会った仲田佐平さんを訪ねてみようと思っていた。街道から茶畑越しに見あげる仲田さんの家では、軒先に洗濯物や蒲団が干してあって、おかみさんらしい中年の女性が手拭を被って、何やら立ち働いている様子だった。坂道の途中までのぼると、こちらに気づいたらしく、その女性は手拭を取って会釈した。私より十ほど年上だろうか。愛想の好い人であった。来意を告げて佐平さんの消息を尋ねると、奥の西行原へ炭窯造りに行って、もう一週間ほどになる、ということである。夏に疑似赤痢を患って八日市の病院に入っていたそうで、仕事の予定が大幅に遅れたのだという。

「なにせ、のんきなたちですから、どうでもええことに力を入れすぎて、働いてるのやら、遊んでるのやら、わからんとこがあるのですわな」

その口ぶりでおかみさんだと分ったが、年下の初対面の男にそんなことを洩らすわりに、まんざら不平でもないらしい明るさがあった。

西行原というところは、杠葉尾から五キロほど山道をのぼった神崎川の右岸にある広い台地である。川が大きく馬蹄型に蛇行する地点で山に取りついて小さい尾根を越えると、降りきったところが再び神崎川で、その対岸が西行原である。この山越えの小逕（みち）は折戸峠と呼ばれて、樵夫（きこり）や登山者の通い道になっていた。

西行原へたどりついたのは、夕方近い時刻であった。佐平さんの小屋は出来たばかりで、雑木の丸太を組み合わせ、萱で屋根を葺いただけの簡単な掘立小屋だが、二坪ほどの土間と、八畳位の莚敷きの部屋があって、その頃の炭焼小屋にしては広い方であった。壁の代りに、周囲もすべて萱で囲ってある。屋内には香ばしい萱の匂いがたちこめていた。萱をふんだんに使った建物は夏に涼しく、冬は暖かいのである。私より三つ年下だという甥の恵司さんが手伝いに来ていて、炭窯の土台作りをやっている最中であった。

そこは西行原の出っぱりが神崎川につき出る辺りの小沢に面した、水場の便利な位置である。いつ運び込んだのか、部屋の片隅に蒲団が積んであるし、ミカン箱を重ねた食器棚もある。石組の囲炉裡も切ってあるし、鍋・釜・薬罐もそろっている。食糧さえあれば、長期の山ぐらしに耐えられる必要限度の世帯道具がそろっていた。食糧も生活物資もまだまだ不自由で、出先の食堂で簡単に腹を満たすことなどとてもできなかった時代である。どこへ行くにも自前の食物を携えなくてはならないので、私は配給以外に仕入れた〝闇米〟をザックに背負い、それを炊ぐ飯盒や調味料も用意して、副食は出先で調達するのが常套であった。魚は川にいるし、山菜のたぐいは季節なら不自由しない。それ以外の青物は、軒に畑がある家ならこころよく頒けてくれた。都市近郊の農家とちがって、売るほどの米も野菜もないかわり、たいがいの物は身近なところで自足していたのが山村である。

「おまはん、米を持ってくるのはええけど、うちは田ァも少々あっての、自家用の米は余るほど穫れるのや。こんどくるときは、米の心配はいらんから、酒を持って来てもらうほうがありがたいなァ。上等でのうてもええ。カストリでも、なんでもええのや」

佐平さんは、呑んべえらしい。私はザックの中から安物のウィスキーの大瓶を取りだして見せた。

「ホォー、これはかたじけない。こんなモン、山奥ではめったに口に入らんでー。そうや、折角やから、これはのこしておこ。あさって頃には窯のハチ打ちをせんならんから、その時の祝いや」

佐平さんは独り決めして、悦に入った。「ハチ打ち」というのは、窯の天井を固める作業のことである。建築でいえば、棟上げに相当する。煙を立てている炭窯は度たび見ているが、どうして窯を築くのか、梁も桟も組まずに、赤土で固めたドーム型の天井をどうして造るのか、その辺のところに私は興味があった。ハチ打ちの日は、伊勢の藤原庄造さんも応援にくるそうだ。庄造さんの小屋では何度も泊めてもらったことがある。小屋の山子たちは私を蔭で「居候」と呼んでいることも知っている。一味はすでに山入りして、二キロほど上流のツメカリ谷の奥にいるそうだから、あすは久し振りで訪ねてみよう。

その夜は降るような星空の下で野天風呂に入って、佐平さんの〝新居〟に泊めてもらった。囲炉裡の火とランプを消して寝袋にもぐると、にわかに溪流の瀬音がよみがえったように耳に伝わってきた。

佐平さんには、甥の恵司さんより二つ年下の息子がいるそうだが、大阪の大学を出てから大阪で就職して、会社を定年になるまで都会でくらすのだという。娘を大阪に嫁がせたのが縁で、息子も大阪へ出てしまった。定年を待って故山に帰れば、軒の畑仕事ぐらいはできるだろうが、山仕事はとてもおぼつかぬだろう。所詮は人手をたよるか、山林を売り捌くしかない。佐平さんがさほど家業に執せず、同じ在所に住む甥の恵司さんをわが息子のように可愛がるわけもその辺にあるのだろうか。

「杠葉尾の山林は千町歩に近いし、田畑は二十町ほどあるのや。わしもそのうちのいくらかを先祖の分け前で持っとるけれど、どうやら山仕事はわし一代で終りそうやわい」

炉端で夕餉の時、佐平さんがそんなことを洩らしたのを、萱の匂いのする闇の中で私は何度も反芻した。

## 炭窯造り

炭窯造りというのを、私は西行原の佐平さんの小屋ではじめて見た。見ただけでなく、少しは手伝ったのだが、面白半分で仲間入りしたのにすぎないから、くわしいことは覚えていない。が、もしも必要に迫られたら、なんとか使用に堪える木炭を焼くことは出来るだろう。売りものにはならないと思うが——。私の興味と関心は、土ばかりの重い天井をどうして固めるのか、という点に集中していた。

釣りもやりたかったが、釣場に最も近い小屋に只同然で泊めてもらう恩恵に報いることも少しは考えねばならない。芸のない私は、単純労働の石運びを買って出た。石は足下の川原にいくらでもころがっている。竹で編んだ畚(もっこ)に拾い集めた石を積んで、窯の工事場まで担ぎあげる仕事は予想を超える重労働であった。大きい石なら、三つか四つが力の限度である。早朝から昼頃まで、あきあきするほど運びつづけてもまだ足りない。手近なところから石が減ってゆくので、距離は次第に遠くなる。遠くから投げとばして石の小山ができると、それをまた順に投げ揚げて窯まで持って行くという方法で、やっと必要量の半分を満たす頃には空腹で動けなくなった。炭焼きは一升めしを食うと聞いていたが、それは本当だ。

佐平さんと恵司さんは、窯の外側に木枠を組んで、運びあげた石を山土で練り固めて叩きしめる役である。素人の私にはとても出来そうにない。小屋の軒下に唐戸谷という小沢があって、水はその上流から樋（とい）で引いてある。炊事、風呂、洗濯など、あらゆる用途に向く清冽な溪水が無尽に流れてくる。同名の唐戸谷はもう一本あって、小屋から十分ほど本流沿いにのぼると、同じ右岸から滝になって落ちている。似たような小沢だが、下の方をわれわれは西行原の唐戸谷と呼んで区別していた。

炭焼小屋は、水場の近い沢沿いの平地を選んで建てるのが常だ。伐り倒した原木をずり落すのに便利だし、焼きあがった炭の荷出しもらくである。小屋と窯が遠くては困るから、狭くとも同じ平地に限る。その点、佐平小屋は勝手の好い場所を占めていた。

今日は窯の鉢（天井）を造るという日の朝、陽が昇る前に仲田家のおかみさんが親戚の若嫁をつれてやって来た。二人ともモンペに地下足袋を履き、大きい竹籠を背負っていた。餅、米、野菜、煮〆、スルメ、酒瓶など、祭礼のようなご馳走が小屋いっぱいに運び込まれるのを見ると、縁者でもない他所者（よそもの）の私などは、その場に居合わすのがわるいような気がしてきた。さりげなく小屋を離れようとすると、おかみさんが引きとめて、今日はめでたい鉢打ちの日だから、いっしょに祝ってくれという。モジモジしているところへ、伊勢の藤原庄造さんが若い衆を二人つれて応援にやって来た。炭窯の〝棟上げ〟がこれほど大層なものとは知らず、まごついているところだったので、小屋ぐらしの師匠格だと思っている藤原庄造さんが来合わせてくれたのは救いであったが、ここで会うのは少々きまりがわるかった。佐平小屋から二キロほどのぼったツメカリ谷で庄造さんは仕事をしていると聞いていたので、先によほど訪ねておきたかったのだが、石運びの手伝いでその日は暮れてしまった。

庄造さんは、佐平さんより少し若いが、私よりはずっと年上である。私が佐平小屋にいることを知らずにやって来た庄造さんは、大げさにおどろいた。その前年、庄造小屋では何遍も泊めてもらったことがあるのだ。今どき、こんなところへ来ていると は想像もしていなかっただろう。

「ここより、わしの小屋の方がイワナ釣りには便利やぞ。いつでも泊りに来いよ。ないしょのどぶろくも、たっぷりあるぞ」

庄造さんは顔を近よせて、そう耳打ちした。人里遠く離れたこんな山奥へは、警察も税務署もやって来るためしがない。近頃、里で事件を起した犯罪者が、山へ逃げ込んだことがあって、その時は警察と消防団が山狩りに来たそうだが、外から小屋をのぞいて行っただけだという。踏み込めば酒の匂いがわかっただろうに……。犯人は、天狗滝の手前で首を吊って死んでいたそうだ。庄造さんは、その時分から養っていたというどぶろくの壺を若い衆に持たせていた。今日の祝酒である。

「おまはんとこ、みやげ付きで来てくれたのかい。すまんのう」

佐平さんは差し出された壺を両手に抱き取ると、蓋に鼻を押しつけて舌なめずりをして見せた。そのしぐさがいかにも滑稽だったので、皆がドッと笑った。

　人手がそろったところで、天井の鉢造りに取りかかるのだが、佐平さんが「見ていりゃわかる」と言った通り、それは〝コロンブスの卵〟といっしょで、私の心配をよそに、どんどん作業が進められた。天井に梁でも渡して、太い桟（さん）を組む仕事から始めるものとばかり私は思っていたのだが、事は意外な展開を見せた。天井に木を使えば、全部燃えてしまうわけだ。四尺余りの長さに切りそろえた炭の原木がふんだんに用意してあって、それを窯の内部にぎっしりと立てて詰める。その上に小さく切った枝を並べ、亀の甲のように盛りあげてから荒莚（むしろ）をかぶせると、それで下地が出来あがったことになる。下がガラン洞で、土だけの天井をどうして固めるのかと思っていた謎は解けた。いつごろ、どこの誰が発明したのか、うまいことを考えたものである。

　近くに土取場があって、粘土質の赤土がどっさり掘り出してある。今日のために、かねてから用意してあったのだ。それを運ぶ人、水をかけてこねる人、天井にほうり

あげる人、それを均(なら)して叩きしめる人……。二人や三人で出来る仕事ではない。私もズボンを脱いで、粘土造りの仲間入りをした。素足になって、濡れた赤土を踏んでは掻きまぜ、踏んでは掻きまぜして、ねばりを出すのである。それを大きい団子に固めて天井に投げあげると、長柄の横槌で叩きしめてゆく。掛声がとび交って、なかなか威勢の好い共同作業だ。何も知らずに来合わせた都会ぐらしの私にはわからぬところで、あらゆる材料と道具立てが用意されていたのである。私が集めたのは、石だけであった。

「こうやっておいて、火をつけると、中の木は炭になるし、上の小枝と莚は灰になる。鉢は石のように固うなってのこるのや。——そうはいうても、これで完成したわけやない。この上にまだ土をかぶせては叩き、乾いた上にまたのせては叩きして、幾日もかかるのや」

　そのうえで、窯に屋根をかぶせて雨雪の害を防がねばならない。へたをすると、窯の天井が抜け落ちることもあるそうだ。それをやると、炭焼き仲間の笑いものにされるから、鉢叩きだけは窯主が得心できるまで念を入れるのだそうである。

　出来あがった窯は、間口が一間半、奥行が二間半位のものだったろうか。庄造さんは、これなら一度に三十俵はらくに焼けるだろうと言った。

　夕方、祝酒を酌みながら、佐平さんと庄造さんは山の値踏みをしていた。小屋から見える範囲だけで四百俵は焼けるだろうという。この裏の赤坂谷は峡が多いから、原木も豊富だが、荷出しの段になると道が遠いから大変だ、というような話も出た。全部、背負って運んだのである。のっぺりとした皺のない山よりも、襞の多い山の方が、立木の数がまさっていることは素人にもわかる。

「——けんど、佐平さんは気楽でええのう。今時分から、遊び半分で炭焼いとっても、くらしに困らんのやから……」

　働き手の庄造さんは、佐平さんの炭焼きは趣味の旦那芸だといって笑った。結構な御身分だということである。

「なにホザくかい。うちなんぞ、倅はまちへ出てしもうて、こんなことしてたかて、さきのたのしみがあるでなし、ただ、炭を焼いてりゃ、明け暮れ山が相手やから、柄にもない仙人みたいなくらしができるちゅうだけのことや。何の進歩もないわの。ま、あんまり進歩せんほうがええけどナ。わしらは、その辺の猿や小鳥と同じようなくらしをしてるのやから……。うちの倅なんぞは、食う物まで行列で買わされて、屁をこいても壁一重で隣の家まで響くようなとこに住んどるのや。そんな息ぐるしいとこへなんで若いもんは行きたがるのか、わしにはわからん」

佐平さんの諦観は、どうやらその辺にあるらしい。この人の鼻は、竪よりもむしろ横のひろがりの方が目立つのに対して、庄造さんは鼻梁の秀でた、精悍な顔立ちである。性質もずいぶん違うようだが、それがかえって二人を近づけているような気がする。庄造さんの炭焼きは事業的で量産向きだが、佐平さんの方はなかば隠居仕事みたいで、精励しているようには見えない。甥の恵司さんに倚りかかって、仕事を教えながら手伝っているという感じだ。「甥はなお子の如し」といわれるが、大阪へ出てしまった息子をあてにせず、地元で家業を継ぐ甥に目をかける気になっているのだろう。その後のつき合いで、この傾向はいっそうハッキリした。

次に佐平小屋を訪ねたのは十月の半ばすぎ、秋晴れの、汗ばむほど好天の日であった。行きがけに、杠葉尾の仲田家へ立ち寄ってみた。小屋へ運ぶ物資があれば、ついでに持てるだけ背負って行くつもりだった。食糧の他に、萱で編んだ炭俵や藁縄、ランプに使う石油や着替えなど、荷出しの帰りに小屋へ運びあげる物がいくらでもあった。おかみさんはよろこんで、折角だからと、遠慮がちに新しい炭俵と、米や漬物を荷造りした。炭俵は、おかみさんが夜なべ仕事に編んだものらしい。まだこれだけしか出来てないのですが——と、気の毒そうに荒縄で束ねたのを十枚ほど土間に置いた。重くはないが、大層な嵩だ。私は自分が背負っている荷物の上からそれを振り分けに担いで、奥へ向った。

電話もないし、郵便も届かぬ山奥だから、訪問はいつも不意だ。窯の吐き出し口からは青い煙があがっていて、焼きあがりの近いことを告げている。佐平さんと恵司さんは、小屋で昼寝の最中であった。黙って入口に荷をおろすと、気配でめざとく気づいた佐平さんが、寝ころんだまま顔をあげた。

「そろそろ来る時分やと思うてたでー。おまはんも炭焼きになるつもりか……」

「そのつもりで、炭俵と食い扶持、担いで来ましたでー」

冗談に冗談で答えると、

「うちへ寄ってくれたのか？　そいつはありがたい。丁度よかった。実は、庄造の小屋がエテに荒されてな、食べ物をみんな持って行かれよったのや」

二人の話声で、恵司さんも起き直った。庄造小屋が猿どもに荒らされたのは一昨日のことだという。戸締りがわるかったのか、少し離れたところで原木の伐採をやっていた留守の間に、集団で来たらしい。窯の火が落ちついてくると、目を放して次の伐採にかかるのだが、窯に近いところから伐りはじめて、次第に尾根の方へ伐り登って行くのが常だ。倒した木を下方へズラすためにはその方が合理的だからである。庄造小屋は三人だが、その日は三人とも小屋から離れていた。

「めぼしい食べ物はこっきり盗まれよったのや。帰って来た足音で逃げだしたやつが五、六匹おったそうやから、エテでも泥棒は悪いちゅうこと、知っとるんやな。この辺の山には熊はおらんからええようなもんやけど、カモシカとエテは仰山おる。山で弁当をあけると、たいがい寄ってきよるナ。人を人とも思わん横着なやつもおるのや」

「同じサル仲間やと思うとるのやろか」

「そうやろナ。のこのこ近寄ってきよるから、ついこっちも裾分けをやるのや。同じ先祖から出てきたと思えば腹も立たんしナ。炭焼きがみんなそうするさかいに、人の顔さえ見りゃ、餌をもらえると思うとるのやろ」

「――それで庄造さんとこの小屋は、食べ物が無くなったのですか」

「そうや。ここにはまだたっぷりあるから、半分持ってやらしたとこや。おまはんが持って来てくれたので、丁度入れ合せがついたわ――。

これから、山に茸や木の実が生るさかいに、しばらくはええけど、冬が近づいたら、里まで出て来て田畑を荒しよるで……。稲の実入りもよう知っとってな、田刈りをしとる目の前までやって来て、両手でこう、穂をしごいて、しごき取った籾粒を掌でゴシゴシと揉んで、籾摺りみたいな真似をしくさるのや」

恵司さんと二人が笑いだすと、

「それだけやない。両手で根気よう摺ったあげくに、顎をつき出して、フーッ、フーッと籾殻を吹きとばして、モグモグと頬張りよるのや。そらァ、見ていると、腹が立つやらおかしいやら、ほんまにアホらしいてならんわ。百姓仕事て、そんなもんやでー」

佐平小屋の出入口にはドアが取りつけてある。木枠に杉板を打ちつけただけの簡単なものだが、蝶番で開閉するようになっていて、不在中は南京錠が掛けてある。

鈴鹿の猿は、昔から人馴れしていた。農繁期で家をあけてあると勝手に侵入して、櫃（ひつ）の蓋を開けて飯のつかみ食いをするぐらいのことは平気でやっていた。人に叱られても、相手が女だと小馬鹿にして平然と構えている。山中に孤立している炭焼小屋などは、かれらの格好な稼ぎ場だったのである。

## 山魚・湖魚

「若いときに炭を焼いときゃ、五十をすぎる頃には、山はまた元の姿に戻る。早けりゃ二十年、おそくとも二十五年もたてば、山の立木はけっこう育ちよるものや。けどなァ、炭焼きほど銭儲けに縁の遠い仕事はないぞ。自分の持山で焼いとってもそうや。まして山の木を買うてやる段には、元払いをしたら何ものこらん年もある。食べるだけでチョンや。それでもなんとかくらしていけるのは、こうしておるとカネがかからん。カネのかからんくらしをしておると、余計な欲も出てきよらん。欲さえ出さねば、炭焼きほど風雅なくらしはない」

佐平さんは、甥の恵司さんに教訓を垂れるような調子で述懐するが、すこしは私向けに語っている感じもあった。この人は、昭和二十年の敗戦で微塵に心を砕かれたのだ。明治の中期に生まれて、明治の教育を受けた人である。デッチあげの皇国史観を叩き込まれて、さまざまな苦難に耐えてきただけに、国に対する不信感は抜き難いものになっている。やらなくても生計にはさして響かぬと思われる炭焼きに浸り込んでいるのも、「お上」の声はもう聞きたくないという気持があるからだろう。「仕事、仕事」と気ぜわしく立ち回るのを好かない風がある。

「うちの伜なんぞ、たまにこっちへ帰って来ても、仕事の話をするときはため息ついとるでー。仕事が重荷になっとるんやナ。まるで仕事のために振り廻されて生きとるようなもんや。こっちにおりゃ、仕事はお天気と自分の都合でやっとりゃええのに……、降っても照っても満員電車に詰め込まれて、仕事のために自分をきざんどるとしか思えん。それでも都会の方がええちゅうのは、どういうわけやろかのう……」

「そらァ、おっさん、その人の考え方によりますのやでー。おっさんみたいに、山ぐらしをたのしんでる人はええけれど、田舎がいやで、都会に憧れる人もいるし、都会でくらしていながら田舎を恋しがる人も大勢おるのやから、どっちがええとは言い切れませんでー」

「そういうおまはんは、どっちがええと思うとるんや」

「――どっちもええと思うから、両方、往ったり来たりしてますのや。もともとは田舎の生まれやし、両方のええとこもわるいとこも知ってるつもりやけれど、おっさんみたいなくらしができたら、一番ええと思うなァ。この小屋にあるもので、町の人間がこしらえた物というたら、ランプだけやもん……」

小屋の中を見回しながらそういうと、佐平さんは大いによろこんだ。食糧は軒の田畑で穫れたものだし、住居は手近な山の木と野の萱で出来ている。もっと昔は、木綿や麻の衣服も自家製だったのである。都会の製品が田舎へ来なくなったら困るけれど、田舎の産物が都会へ来なくなったらもっと困るだろう。進歩と便利主義を捨てれば、田舎ぐらしの方が悠揚としている。

川向うの山は、常緑樹をのこしてなかば色づいてきた。朝晩は囲炉裡の火が恋しくなる季節だ。佐平小屋の朝は、炭焼き仲間ではおそい方だろう。朝食をすませたあと、炉端でやっといっぷくしてからでないと、佐平さんは腰をあげない。食器洗いは恵司さんの役である。後片付けがすむまで、佐平さんは太短いキセルできざみタバコをすいつづける。小屋の隅に立てかけてある私の釣竿に目をやりながら、佐平さんが言った。

「おまはんは、今日は釣りに行くのやろ。イワナもそろそろホリにかかる時分やが、今のうちなら、まだ釣れるかもしれん。本流のイワナもええけどな、ここの唐戸谷の奥に、ええ隠し場があるのや。毎年、大きいのをつかまえては奥へ運んであるさかいに、晩のおかずに釣ってきたらどうや」

見たところ、西行原の唐戸谷は入口の水量が乏しくて、この奥にイワナが棲んでいるとは思えないが、実はそんなところこそ穴場なのだ。イワナを入れた人がいうのだから、これほど確かなことはない。私は小沢を釣るのは好きではないのだが、佐平さんのすすめに従って、竿を出してみた。魚がいれば、数が読めるかと思うほど水がきれいで、落差の激しい谷だが、小さいのが二つ三つ釣れただけで、とても晩のおかずどころではない。

佐平さんが入れておいたはずの大型は一ぴきも釣れぬまま、午前中に唐戸谷をあきらめて、本流へくだってみた。いつもなら、型の好いイワナが釣れるにきまっている場所をいくつか知っていたので、そこを目当てに本流へ出たのだが、案に反してまるっきり釣れなかった。ちょっとした淵には、ゆらゆらと群れて底を這う大きい魚影が見えるのだが、それがイワナの産卵行動の始まりであることを、私は知らなかったのである。

陽が傾くころ、私は小さいイワナを五、六尾、笹の枝にぶらさげて小屋に戻った。窯の火口で薪作りをやっていた恵司さんがそれを見て、気の毒そうに笑いながら言った。

「もう、ホリにかかっとるんやろがー。そいつらは、この春に生まれたやつや。ひとくちイワナちゅうてな、丸かぶりできるで……」

和菓子に「ひとくち最中(もなか)」というのがある。普通の「最中」よりずっと小さくて、一度に口へ入ってしまうからそういうのだが、私が釣って来たイワナもそのくちであった。

「おっさんが帰って来たら、もういっぺん唐戸谷へ行こか。日が暮れるまで、もうちょっと時間があるし、三十分もあればええのや。竿はいらん。大きいのが簡単に獲れるでー」

どんな漁法なのか、見当がつかなかった。竿釣り以外に私が知っているのは、「かいぼり」と毒流しぐらいのものだ。「かいぼり」はガキの頃、小川のコブナやモロコを獲る常套手段であったし、毒流しは紀州の菅野というところで、山仕事のつれづれにやっている仲間入りをしたことがある。山椒の皮と実を石で摺りつぶして、木灰を混ぜた団子を淵頭(がしら)に投げ込むと、そこに隠れているアメノウオが腹をかえして、ヒラヒラと浮いてくる。鰓(えら)か眼をやられるということだが、よほど大量に投入しないかぎり、死ぬことはない。

想像以上にたくさんの魚がいるもので、静かだった碧潭(へきたん)はにわかに騒がしくなる。

大小の魚体が入り乱れて、銀線がからみ合うように駆け廻ると、ひそかな悪事に昂奮した樵夫（きこり）たちも騒ぎだす。ちょっとした捕り物騒ぎである。淵尻の浅場に待機している者が流れてくる魚を拾って、石で囲った別の水溜りにほうり込んでおく。幼型や、特に大きいのは見のがして、食べごろの中型を主に拾い取るのである。大きいのはバタバタと暴れながら流れてくるが、手を触れると、サッと逃げる。見のがしておくと、数分後には下流の深場へ逃げ込んで元気を取り戻す。大きいやつを見のがすのは、その年の秋の生産源だからである。

石で囲った急造の〝生簀（いけす）〟は、腹をかえした中型の魚で真っ白になるが、しばらくすると、さめたやつが跳ねだす。生き返ったやつから順に元の淵に帰らせて、その日の晩に食べる数だけをバケツに収める。大量に獲りすぎても鮮度が落ちるだけだし、必要に応じて何時でも獲れるというゆとりが山奥にはあった。むろん、当時でもこの漁法は禁制だったが、この小規模な〝クスリ流し〟は、山ぐらしの樵夫仲間で暗黙裡に、常習的に行われていたらしい。それでも渓魚の蕃殖（はんしょく）に響くほどのこともなかったのは、魚の量が今とはケタ違いに多かったせいだろう。

佐平さんが小屋に戻るのを待って、恵司さんは軒下に立てかけてある杉皮の束を引っぱり出してきた。何枚か重ねたのを、半円状に荒縄で束ねてある。

「イワナがもうホリにかかっとるらしいから、こんなやつしか釣れなんだそうや。すまんけど、おっさん、ちょっとの間、留守番たのむぞな」

恵司さんは片手に杉皮、片手にバケツをさげると、軒に続くゆるい坂道を小走りにのぼりだした。他に道具はいらぬというので、私は手ぶらで後を追った。目の下には唐戸谷の流れが段々になって落ちている。しばらくのぼった辺りで、二人は崖を降りた。

「ここがええやろ……」

といって、恵司さんが荷をおろした場所は、午前中に私が竿を出してねばっていた好い落ち込みの下であった。一メートルほどの滑岩をすべり落ちる激しい渓水の直下がえぐられて、ちょっとした釜になっている。いかにも魚が溜っていそうな好い場所だが、そこでは一ぴきも釣れなかった。もしいるとすれば、癪(しゃく)なことだ。

恵司さんは釜の上に廻り込むと、抱えていた杉皮の一枚を水平に敷いて、片足で突きころがした大きい石を一端にのせると、加減を見ながら徐々に杉皮を滝の上につき出した。杉皮の長さは人間の背丈ほどある。滝上の流水は杉皮を伝って、釜尻の方へとんで落ちる。さらに杉皮の両脇に手ごろな石を押し当てて砂利を詰め込むと、幅一尺ほどの樋(とい)のようになり、水は勢いを増して一気に次の落ち込みへほとばしった。白

泡を立てていた元の落ち込みは、樋の隙間からこぼれ落ちるチョロチョロとした細流になって、泡の下に隠れていたイワナの逃げ惑う姿があらわになった。「ソレッ！」とばかり、待ち構えていたバケツで水をかい出して、下の落ち込みへまくり落す作業が始まった。
　大きい淵ではないから、水が渇れるまで五分とはかからない。バケツの縁がガラガラと底石をこする時分には、僅（わず）かな水溜りに固まったイワナの背が見えだした。興奮が頂点に達するときだ。恵司さんがそいつを両手でつかみあげると、私がふるえる手に石を握って頭を叩く。忽ち五、六本のイワナが狭い石原にころがった。もう、いなく

なったか?と思って見廻すと、底石の隙間に半身を突っ込んで隠れている大きいのが目につく。石をおこしてそいつも頂戴した。尺物をかしらに、八寸級のイワナが七、八本そろった。川ざらえをすると、びっくりするほど魚はいるものだ。石の下に潜り込んでいる小さいのは取り残して、杉皮の樋を外すと、釜はみるみる水を湛(たた)えて元の姿に戻る。ごく短時間だが、二人とも夢中だったので、腰から下はびしょ濡れになった。

バカ長のゴム靴もなく、地下足袋さえ満足に買えなかった時代である。その漁法も間もなく禁制になったが、産卵期のアマゴやイワナを手捕りにする仕事は、村童らの秋の行事のように、それぞれ適地と適期があって、伝承のように行われていたのであった。

神崎川は、イワナの川だと私は思っていたが、昔はアマゴの方が多かったそうだ。

「わしらの若い頃は、佐目(さめ)の辺から奥にかけてはアマゴばかりやった。この小屋の下辺りにもたくさんおったし、奥の天狗滝まで行くと、イワナが混じりよったもんやが、その時分はアマゴばかり捕って、イワナにはあまり見向かなんだなァ」

佐平さんは若い頃の思い出を、そう語った。佐目といえば、杠葉尾から一〇キロほど下流である。

「どうして、アマゴがおらんようになったのやろ?」

「さあ、そいつはハッキリ分らんけれど、アメノウオが来んようになってからやなァ。アマゴがおらんようになったのは……」

「アメノウオちゅうのは?……」

「つまり、アマゴの親方や。一升瓶より大きいやつが、なんぼでものぼりよったもんや。二尺にはちょっと足らなんだと思うが、ま、それに近いやつやった。そいつと、川のアマゴが入り乱れて、子孫を増やしとったのやナ。田植時分にのぼってくるのはビール瓶ぐらいのやつが多かったが、秋にのぼってくるやつはその倍ほども大きかった。年によって多かったり、少なかったりしたけれど、多い年は田圃の溝にまでせりあがって来よったこともある。背中をまる出しにしてナ、そんなのは手づかみや。だいたい、大正の末頃から始まった灌漑用水の工事で、下流の水が湖水まで流れんようになったもんやから、アメノウオもアユも、川をのぼれんようになってしもうたのやろ。杠葉尾におると、そうは思えなんだが、永源寺から下の里へ出ると、なるほど水が流れとらん。あれでは魚も動けんわけや……」

アメノウオというのは、琵琶湖産のいわゆるビワマスのことで、地方の農山村ではカワマスと呼んでいたやつである。川にのぼってくるマスだからカワマスと呼んだのは、至極妥当な思いつきだが、図鑑に書かれているカワマスは、外来のブルック・トラウト（アメリカイワナ）で、この混同はさまざまな誤用を招いてきた。在来のカワマスが正統派なのだ。

佐平さんの話を整理すると、満州事変（昭和六年秋）の号外報道と、下の川でアメノウオを捕った記憶が重なっていて、その後は見たことがないというから、昭和年代の初期にはまだ遡上していたらしい。まったく姿を見せなくなったのはいつの頃か断定できないが、戦前まであったことは確かである。北から流下して愛知川となる姉妹格の茶屋川も、もう一本の御池川も、いずれ中下流は一本だから、相前後して同じ運命をたどったのに違いない。

神崎川や茶屋川を含む愛知川の上流域がすべてイワナ一色になったのは、多分、一九二〇年代以降のことだろう。それ以前は、遡河マスとアマゴの勢力が強くて、イワナは源流域に逼塞していた。琵琶湖のマスがのぼらなくなり、アマゴも絶えてしまうと、イワナの行動圏が逐年ひろがって、上流一帯に勢力を張るようになった。――それは自然のなりゆきだが、マスがのぼらなくなったのは、下流の水が干あがった結果だとして、上流に取り残されたアマゴが、なぜ自然蕃殖しなかったのか、という疑問がのこる。仲田佐平さんは、その点をこう指摘した。

「わしらにはむつかしいことは分らんけど……、後家さんが子を産むことはあっても、ヤモメ世帯ではしようがないわなァ。つまり、こういうことや。秋口にこの辺で獲れたアマゴは、こう握ると、サァーッと白子を出しよった。一人前のやつはみんなそうやったな。腹を割いても、卵を抱いとるのはおらなんだのや。湖水からのぼってくるアメノウオが卵を持って来よったのやなァ。そらァ、一升瓶位のやつがホリにかかると、そのぐるりに一合瓶位のアマゴが五つも六つもたかって、喧嘩腰で白子をかけに来よるのをなんぼ見たやら……。そんな頃には、この辺にイワナて、一ぴきもおらなんだで――」

佐平さんが語ったことを筋立てて納得するまで、私は何年もかかった。琵琶湖も、その周辺の川も同じ淡水域だから、湖から河へのぼるにも、川から湖へくだるにも、滲透圧の影響はないのだから、北洋のマスが母川に帰るのとその点が異なるはずだ。湖で八寸位に成長したアメノウオが、雪代にのって川をのぼり、途中で湖に戻って、梅雨の増水期にまた川へのぼってくるという〝あそび〟が行われていたような気がする。

琵琶湖水系の生態系が総合的な活力を失いはじめたのは、護岸や頭首工（とうしゅこう）（堰堤（えんてい））が各所に出現した高度成長期と同じ頃で、炭焼きが山から姿を消したのと似た事情にある。

仲田佐平さんや藤原庄造さんらが山を降りたのは、それから十数年たった頃であった。

# 鈴鹿の樵夫

伊勢の川口伝吉さんの〈御会葬御礼〉状が、一月下旬に舞い込んだ。こちらは伝さんが死んだことも知らず、会葬に出向いてもいないのに「――且つ御丁重な御高志を賜り――」となっているので、慌てて香奠（こうでん）を送った。挨拶状も印刷したものであったが、私の悔み状に先方も慌てたのか、息子さんから改めて礼状が来た。享年七十歳。死因は脳溢血であった。会葬の令状が来たのは、昔の名簿に拠ったのかも知れない。川口伝吉（大正二年生、元陸軍曹長）との出会いは昭和十七年、太平洋戦争が始まった翌年の秋。こちらは現役、伝さんは六つ年上の召集兵で、入隊する前は北伊勢の藤原町で炭焼きをしていた。

昔は北伊勢の千草野（ちぐさの）に陸軍の演習場があって、白砂青松の美しい風景が御在所（ございしょ）岳の東麓一帯にひろがっていた。その年の秋季演習がここで行われ、すんだ後、一部の兵士に三日間の休暇が出た。他の連中はどこへ行ったか知らないが、私は湯の山温泉へ行くことにした。「俺も行く」「俺も……」というやつがいて、四人の徒歩旅行になった。千草野と湯の山は地続きである。兵隊の足で歩けば一時間余りだ。晩秋の、爽やかな日であった。

　行ってみると、他の大隊から召集のおっさんが二人、先に来ていて、相部屋になった。今どきの温泉とちがって、ひどい緊縮時代だったから、客はいないし、宿屋に人手もなかった。何しろ〝鬼畜米英〟を敵にまわした大戦の最中である。湯の山温泉は閑散としていた。

　兵隊で六つも年が違うと、階級はともかくとして、大した開きである。現役の若僧は、年長の召集兵を「おっさん」と呼ぶのがならわしであった。多少のいたわりと、親愛の情をこめた敬称である。

「おっさんは北伊勢やそうなが、三日も休暇があるのに、なんで家に帰らへんのや」

　と聞くと、

「三日ちゅうのは、中途半端でな、俺の田舎も中途半端なとこや。せめて半年ぐらいくれたら、仕事もできてええのやけどなァ。そうなると、また出てくるのがいやになるやろ……。まあ、近いとこの、この温泉でのんびりしようということになったのや」

　交通不便な時代でもあったが、只みたいに安い温泉宿で、六人の兵士は何をするでもなく、ゴロゴロとすごした。

　二日目の晩、残りの酒を皆で平らげて、寝る前にもう一度湯に浸った。酒もタバコも配給時代だが、軍隊にはまだ少々ゆとりがあったので、持ち込んだ酒はその頃にしては法外だったように思う。合成酒だから、飲みすぎると頭痛や吐気を催すこともあった。長湯しすぎると悪酔いするといって、大方の者は早めに部屋へ戻った。

最後まで浸っていたのが伝さんだったのである。この人は酒に強い方だったが、好い気分になって、湯槽（ゆぶね）の縁にもたれたまま寝てしまったらしい。目をさましたときには誰もおらず、浴室は真っ暗であった。灯火管制の厳しい戦時下、室内灯は黒い防空カバーで覆い、廊下には黒い暗幕が引かれていた。浴室の電灯も同様で、ほんの直下をぼんやりと照らす程度の薄暗いものだったが、九時になると、浴室は女中部屋の方で電源スイッチを切ってしまうことになっていたのである。昔の行灯（あんどん）の方が明るかったかも知れない。

多分、十時頃だったのであろう。暗闇の浴槽で目をさました伝さんは、すごい渇きをおぼえた。が、どこに水があるのか分らない。脱衣棚を手さぐりで探したけれど、脱いだはずの衣服がどこにあるのやら、それも見つからなかった。闇の中を酔眼でウロウロするうち、柱や壁に何度も頭をぶっつけたそうである。どこをどのようにさまよったか、分別もつかぬまま、勝手の分らぬ通路を手さぐりで伝い歩くうち、廊下のつき当りに幽（かす）かな灯影（ほかげ）が差しているのが目についた。酔歩陶然として、伝さんはそちらへ行進した。

すすけた障子に手をかけて、カタカタと開けた。とにかく、お茶か水がほしかったのである。

「キャーァ……」

とてつもなく甲高い女の悲鳴が耳をつん裂いた。そこは女中部屋だったのである。女中は一人だったのか、二人いたのか、私の記憶にはない。なんでも、寝床をのべている最中であったらしい。わるいことに、伝さんは浴槽から出たままの丸裸だったのである。

驚愕の悲鳴は、むろん女の方が発したのであって、廊下の反対側にあるわれわれの部屋まで響いてきた。殺伐な大戦のさ中である。今なら面倒な痴漢騒ぎになりかねないところだが、この珍事はその場限りの笑い事ですんだ。

伝さんとはたった二晩、演習地の温泉宿で相部屋になっただけのことだったが、将棋のリーグ戦でこのおっさんが勝ったこと、豪放な性格と、女中部屋の一件が強い印象にのこった。伝さんが二十九歳、私は二十三歳の年であった。

互いにまた別れ別れになって、いつどこで死ぬとも分らぬ時代であったが、それから六年たった年の春、思いもよらぬ鈴鹿の山中でバッタリ出会ったのである。双方と

も顔だけは覚えていたけれど、名前が思い出せなかった。すぐに出てきたのは「おっさん」の敬称だけである。川口伝吉の名は、再会後に改めて知った。

神崎川（琵琶湖にそそぐ愛知(えち)川の上流）の仙古谷から中峠を越えて、伊勢に通う仕事道があったが、そこをくだってくる数人の樵夫(きこり)と、狭い山道で行き会った。こちらは遊びに行ってるのだから、遠慮して道を譲った。一番後から山仕事の道具を担いで降りて来た男が、

「ヨオー」

といって足をとめた。しげしげと私の顔を見ている。

「あ！　湯の山の……おっさん」

「ハッハッハ……、湯の山か。なつか

しいのう。生きとったかー」

（俺もこの通り、生きとるぞ）――という感慨があった。人の一生には、とても考えられぬようなことが時に起るものだが、この時の再会は、さほど不思議の感がしなかった。湯の山温泉は、つい山の向う側の南寄りである。私は峠の方へ行くのをやめて、おっさんの一行と谷沿いの道をくだった。

この仙古谷は、神崎川の核心部で右岸に出合う最初の大きい谷だが、伏流気味かと思われるこの附近の本流よりも、仙古谷の方が流量が多い。そのまた支流に赤坂谷というのがあって、合流地点辺りでは赤坂谷の方が大きく見えるのである。危険な悪場はないのだが、じめじめとした自然林に囲まれて、日中でも陽の差さない山かげのブッシュ地帯は「千古谷」という感じであった。今とちがってガイドブックも世になく、五万図の応急修正版だけが唯一のたよりであったが、場所によっては勘にたよるしかない、いい加減なところもあった。あちこちに炭焼き窯がなかったら、途中でいやになるほどルートのはっきりせぬ、奥は滑滝の多い谷である。

奥地は北伊勢の杣人（そまびと）がよく手入れしていたが、川口伝吉さんもそういう仕事仲間の一人であった。杣仲間では「泊り山」といっていたが、杉の成木が電柱に重宝がられていた頃だから、伐採、搬出、植林、炭焼き等、幾十日も家を離れて、山奥に小屋掛けして働いていた。

　伝さんは杣の仲間数人と、鈴鹿や養老の各地を転々としていたが、この人が神崎川流域の山で働いていた頃、数度、狭い掘立小屋で泊めてもらったことがある。仲間は二人だったり三人だったり、割り込むのに都合の好い小人数であったが、御在所（ございしょ）岳から竜ヶ岳にかけて、幾組か知り合った杣仲間のうちで、伝さんの組は不思議に大酒飲みの大飯食いがそろっていた。

「樵夫の一升飯というけど、ほんまやぞ。わしは七合ぐらいしか食わんけど、こいつなんぞ（と、傍らの二十そこその若い者を顎で指して）、ほんまに一日一升食いよるぞ」

　七合でさえ恐るべき大食だ。主食は当然〝闇米〟である。闇値の高い米を大食いしても引き合うほど、当時の山稼ぎは景気がよかった。まだ三十代半ばだった伝さんは、山を移動するたびに、その若者に背負わせるという大型の鉄釜を自慢していた。荷物はそれだけでなく、鍋、薬罐などの炊事道具や食器類、寝具、着替え、食糧等の他に、肝腎の仕事道具がある。よほど屈強な男でも、それをまとめて担ぐと、歩きながら物がいえぬほどの嵩（かさ）と重量であった。

　これは別の仲間だったが、五右衛門風呂に蒲団を詰めて背負い歩く剛の者もいた。そのいわくが仲々好い。彼は新婚当時、新妻を伴って山へ入り、二人だけの小屋掛けをして、炊事などを手伝わせていた。二人一緒に風呂へ入るのがたのしみで、そのためには五右衛門風呂でないと不都合だからと、奮発して風呂桶を買い入れた。それを山へ担いで登って、新婚時代を二人だけの山ぐらしにすごしたという。子供が生まれてからはそうもいかなくなったが、まだ新しい風呂桶を野ざらしにするに忍びず、蜜月の夢をその風呂桶に託して今も温めているという愛妻家であった。

都会ぐらしには想像もつかぬ杣の日常だったが、じわじわと枯れるように固まってゆく人と、中年すぎから急に老け込んでしまう人と、だいたい二通りのタイプがあったように思う。伝さんは、どちらかといえば後者の方であった。大飯を食いすぎたからであろうか。

炭が売れなくなり、山仕事が後退しはじめた頃から、伝さんは地元のセメント工場でしばらく働いていたが、喘息がひどくなって退職した。その間に二度、三国岳の員弁(いなべ)川でいっしょにアマゴ釣りをしたことがあった。

伝さんの釣り方は一風変っていて、手製の継ぎ竿の先に五十センチばかりの短い仕掛けを取りつけただけの、至極単純なものである。錘(おもり)はなく、目印は穂先についている。私などに使いこなせるしろものではない。それで鉤(はり)に川虫を刺して、藪の下へ潜って行くのである。細流専門であった。たいがいの人なら敬遠するような狭い藪谷へ平気で潜って行って、数を釣って来た。私と正反対である。

「そんな狭いところで、どうして鉤合せするのかなァ。竿を撥ねたら、頭の上の藪に引っかかってしょうがないのに……」

「竿を撥ねるからいかんのや。わしはナ、ぐーんと竿を手前に引いて魚をかけるのや。水平にナ。ひったくるようにして竿を後ろの方へ、アマゴがでんぐり返るぐらいに、サッと引くのや」

伝さんの流儀は、ブッシュのトンネルのような小沢を好んで、流れと併行して下流から竿を出し、絶えず穂先に目を注いでいる。魚が食いつくと、まっ先に穂先がおじぎをするから、そこをすかさず勢いよく竿を引くと、アマゴがでんぐり返って手元へ寄ってくる、という荒っぽい釣法であった。

伝さんが死んだのは、桑名に住む長男の家であった。昔の仲間が、また一人減った。

# 廃村茨川紀行

## 木地師元締の里

八日市から政所(まんどころ)行きのバスに乗って、八風(はっぷう)街道を永源寺にさしかかる頃には雨が降りだした。満山の緑が低い雨雲に煙る中畑についたのは、夕暮れ前の六時すぎであった。

今回の山泊りは、奥地の茨川(いばらがわ)で筒井雄策さんと落ち合って、三日間滞在することになっている。雄策さんは茨川の生まれで、昭和三十年頃までそこに住んでいた人である。私より七つ年上だ。茨川に人が住まなくなってから、昔の建物は年々荒廃して、いずれは全戸朽ち果てて倒壊する日がくるから、それまでに昔の生家でいっしょに山ぐらしをしてみないかと誘われ、その気になって約束はしたものの、双方の都合がうまく合わなくて、何年かむなしくすぎた。その間に、七軒のこっていた家が半分以上、雪で毀(こわ)れてしまっていた。

雄策さんは茨川を出てから、北伊勢の員弁(いなべ)町で雑貨店を経営しながら、畑百姓と茶園もやっている。

「わしは青川谷から治田(はった)峠を越えて行くから、あんたは君ヶ畑から山越えでおいでなされ」

雄策さんが歩いてくるのなら、こちらも歩いて行こうと、中畑を徒歩の出発点にしたわけだが、私は欲を出して、一日早く京都を出発した。昭和四十七年七月のことである。

陽あしの長い季節なので、宿泊をたのんである中畑の肥夏屋に荷物を預けると、雨合羽に釣道具を携えて、愛知(えち)川本流を少しのぼったところで毛鉤をとばしてみた。奥で放流したニジマスがくだっていて、なんでもないところで拾うように釣れるのを知って行ったのだが、この日のあて込みは見事に外れた。誰かが釣ってしまったのか、時折りちっぽけなジャコがフラフラと毛鉤の近くへ浮きあがってくるだけで、一ぴきも釣れなかった。

一日目。

夜が明けるまでに雨はやんだ。七時に肥夏屋を辞して、雨あがりの道を歩きだすと、見る見る雲が飛び散って、朝から汗のにじむ暑い日になった。道は愛知川支流の御池(おいけ)川に沿って、左岸に通じている。口から奥にかけて政所・箕川(みのかわ)・蛭谷(ひるたに)・君ヶ畑と、四

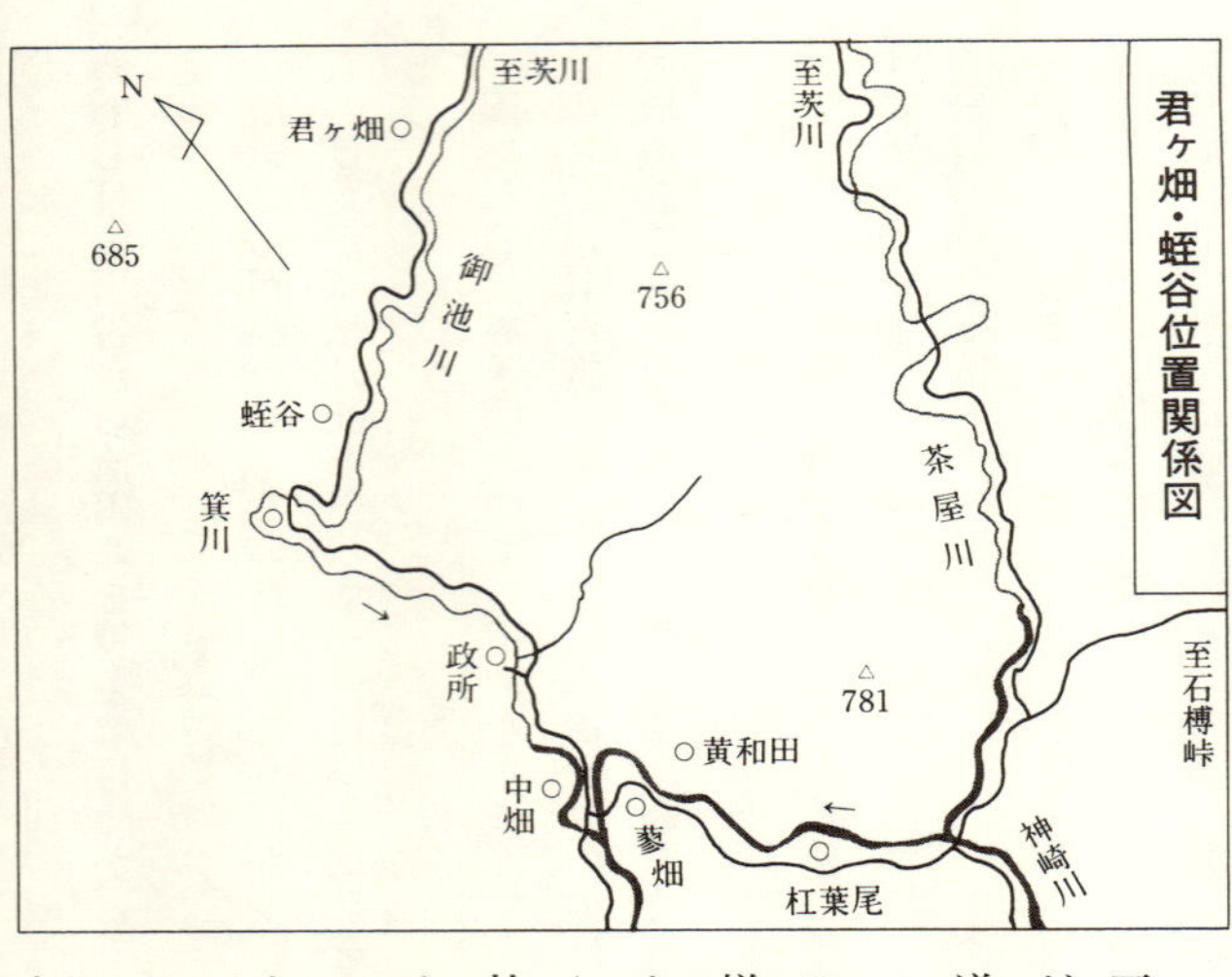


つの在所がある。中畑から蛭谷までは五キロ余、普通に歩けば一時間の行程だが、晩までに茨川へつけばよいので、道草をしながらゆっくり歩いた。蛭谷の名はヤマビルが多いところに由来するらしいが、地元では「蛭」の字を嫌って、「昼」の字を当てている。それでも蛭は絶えそうにない。蛭谷に限らず、ヤマビルが多いのはこの川筋の特徴である。この川で一日イワナ釣りをすれば、どんなに用心していてもヒルに吸いつかれる。川に入らなくても、山道を歩くだけでやられるのである。

この蛭谷と、奥の君ヶ畑とは、ともに木地師の元締を争って長いあいだ対立してきた歴史がある。木地屋がほとんどいなくなった近頃は、昔のような利害の対立こそやわらいだけれど、本家を主張する気持は今も両方にあって、互に譲れぬしこりが尾を曳いていると聞いてきた。

蛭谷が独立した村として編成された明治五年当時は、戸数二百六十八、人数千三百三十人となっている。全国各地の木地師でここに本籍を置く人が多かったからだが、八年後には二十七戸、九百七十二人と、急激な減り方を見せている。一戸当り三十六人平均というのは実質ではなく、名籍だけのこす人が多かったのだろう。現在は十戸足らず、さびれたものである。君ヶ畑はその奥地だが、戸数は何倍もある。この川筋の四つの集落で、分校がないのは蛭谷だけである。筒井千軒といわれた昔の蛭谷は夢物語になっている。分校がないのは戸数が少ないからだと思うが、下流の箕川（みのかわ）分校（本校は政所）が近いせいもあるのだろう。君ヶ畑分校へ通わないのは、木地屋の縁起争いのしこりのためではないらしい。箕川分校は、在所を出外れた蛭谷寄りの川べりに建っている。女性教師が一人、学年のまちまちな生徒を相手に授業している光景が、開け放った窓の外から見えた。後で聞いたら、先生は寺の奥さんで、この分校では一人きりだそうである。

昔から、この川筋は惟喬（これたか）親王を元祖とする諸国木地師の本拠として知られてきたところで、筒井神社（蛭谷）と大皇（おおきみ）大明神（君ヶ畑）にはそれぞれの縁起を誌（しる）した古文書が伝わっていて、木地屋の研究家や民俗学者の間では誰知らぬ人はないほど有名だが、『滋賀県史』はこれに対して甚だ冷淡である。その第三巻には「筒井偽作文書」として「――漸く安土桃山時代の特許状があったと思はれる写しを存するに止まっている。即ち、筒井神社文書（中略）口聞書の如き、何れも全くの偽作で、その文体上から見て勿論転写でもない。（中略）斯くして、木地屋の起源は勿論遙かに前代に溯り、小椋地方を本拠とすることも相当に古い時代とは考へられるが、惟喬親王を祖神とするのは、所詮その御一生の御不運と木原親王の異称があり、山城小野山中に薨ぜられたことから思ひ付いた伝説に相違ない。その小椋御入山の伝説も、恐らくこの時代の作製とみるべきであらう。（後略）」

同様の批判は、君ヶ畑の金竜寺にも向けられている。県史はこのように否定的なのだが、君ヶ畑に伝わる『木椀元祖・大皇大明神略伝記』を見ても、悲劇の皇子惟喬親王が貞観十四年（八七二）この地にやって来て定住したことになっており、末尾には「――蔵皇山金竜寺と号し、常に親王此に安坐し玉ふ。――幸に御余命あり、当山に御住居玉ふこと十九年の後、寛平九年（八九七）巳二月二十日御宝算五十四にして終に薨去し玉ふ。」

とある。歿年五十四歳は正史と同じだが、君ヶ畑に十九年の滞留となると、年代が合わない。

しかし、正史は正史として、文書を偽作してまで諸国に散在していた数千人の木地屋を、惟喬親王の名においてこの二ヵ村の氏子にまとめあげた実績もまた確かな史実なのだから、その方がいっそう面白いという見方も成り立つのである。柳田翁に言わしめると「所謂(いわゆる)式内の神社が、神名帳所載の数に数倍し、小野小町が五十箇所に生れ、百箇所で葬られたことになっても、これは互に如何ともする能はざる事であった」のだから、惟喬親王が洛北や水無瀬を経た後、この地に入山せられ、その威令が全国の木地屋に及んだとしても不思議ではない。中世期以前はともかく、山林の領有をめぐって各地に争訟が起り、切支丹(キリシタン)の禁圧と併行して宗門人別帳の登録が進むにつれて、漂泊の民であった無籍者の木地師たちは、自由な活動の領域が狭められるばかりか、代官所の宗門改めが行われるたびに隠れ忍んで他国へ飛ばねばならなかった。

そこへある日、近江国の小椋荘から使者がやって来て、「われらは畏れ多くも文徳天皇の第一皇子惟喬親王の末裔にて、諸国木地挽きの総元締をする者でござる。ここに親王直伝の御墨付がござる故、常時これを所持せられよ。しからば何処で木地のなりわいを営まれてもお咎めはござらぬ。ついては当高松御所金竜寺の氏子となられる上は、応分の年貢を納められる定めになっていますれば云々」

の口上とともに〈高松御所御用〉とか〈筒井公文所御用〉の木札と縁起の巻物、奉加帳などを見せられ、身分と権利を保証する、という申し入れを受けたとすれば、これを拒むいわれはなかったはずである。いや、もっけの幸いとばかり便乗して、なにがしかの寄進に応じたであろう。惟喬親王の尊霊を勧請（かんじょう）して、蛭谷は筒井八幡宮を、君ヶ畑は大皇大明神を祀ってそれぞれ親王の御廟と称え、全国の木地屋をここの氏子に仕立てあげた〝商才〟と〝商魂〟はしたたかなものである。それとも、政治的識見にすぐれた知恵者がいたのだろうか。いずれにしても一朝一夕になる業ではない。どこの木地屋も人里にはおらず、良材を求めて山ぐらしをしていたのである。

　君ヶ畑にのこる木地屋文書によると、元禄七年（一六九四）から明治六年（一八七三）までの百八十年間に、東北から九州に及ぶ氏子狩りの巡国は二十九回、登録されている木地師は戸主だけで九千七百三十四人。同様に蛭谷の文書では正保四年（一六四七）から明治十五年（一八八二）の二百三十五年間に四十六ヵ国、戸主だけの登録延べ人員は四万九千九百九十人に及んでいる。

　どちらかが思いついて始めたのを、片方が後れじと真似たのか、申し合せて同時に始めたのか、本家争いが膠着（こうちゃく）して風化してしまった後世、これはつきとめようもないが、今もって全国各地から、木地師有縁の人びとが祖先の地を慕って参詣に来る。参詣者はこれを「みなかみ参り」と称しているそうだが、地元ではこれにこたえて、祭礼だけは厳修（ごんしゅ）しているということである。事が虚構であればあるだけに、冥加（みょうが）と権威の保持には骨身を削らねばならぬ道理である。

石川県犀（さい）川の上流では、昔の木地屋だったという家の提灯（ちょうちん）箱に皇室と同じ菊の紋章が描かれているのを見たことがある。戦争中、蛭谷も菊の紋章の件で警察に呼び出されたことがあったそうだが、それもうやむやに治まったらしい。その点は君ヶ畑も同様だが、蛭谷が先だったから、奥地にまで詮議が及ばなかったのか。紋章については、昔の宮内省からも〝お咎め〟はなかったそうだから、黙認されていたものとみえる。

蛭谷から奥へ約四キロで君ヶ畑に至るが、ここは谷がひらけて明るく、戸数は五十戸ほどある。在所の入口に近く、手入れの行き届いた墓地がある。お爺さんが麦藁帽で草刈りをしているのに出会った。会釈すると、手を休めて、どこから来たのかい、と尋ねられた。それがきっかけで、しばらく立ち話になったが、これから茨川へ行くのだというと、「一人でかい?」とおどろいたような顔をした。木地屋の話を持ち出すと、「まあ、日も長いことやから――」と、草刈り鎌を路傍に投げだして、腰の手拭で汗を拭きながら近くの土手に腰をおろした。木地屋の話にちなんで、その老人が話してくれたことの中に、忘れ得ぬ一言があった。

「どこの村にも旧家というものがあるけれど、旧家であるほど、新しい生活には弱いもんや。この君ヶ畑も、隣の蛭谷も、村としてはずいぶん古いけれど、諸国の木地屋が力になったのはもう昔のことで、今はあかん。わしのような年寄が新しい機械や道具に馴染めんのと同じで、この川筋の村もあんじょう（案定？）古うなってしもうたわいな」

この言葉には老人の実感がこもっていた。なまじいな格式や伝統によりかかっていると、弱くなるということであろうか。

「木地屋の氏子狩りは、いつごろからやらんようになったのですか？」

「そうやなァ……、わしの若い時分には、氏子狩りをやった人がまだ生きとったがのう。しかし、草鞋（わらじ）がけで諸国を踏み歩いた昔とちごうて、木地屋の人数も減ったし、汽車に乗って行きゃァ汽車賃がいるし、町に出りゃァ宿賃もいる。手分けをして、ひと月以上も旅をして、かかった費用を差し引いたら、いくらにもならなんだそうや」

「ここが木地屋の元祖なら、どこの家にもロクロは残ってるんですか？」

「なーんの、そんな物はありゃせん。今の若いもんは見たこともないやろ」

ということである。ただ、伝説と伝統に関る行事や村の掟はしゃんとしていて、大皇大明神の宮座に加入した者でなければ村人になれない。近年は転入者もいなくなったが、昔は若衆から勤めあげて、三代を経なくては宮座に加入できなかったという。それまでは村の居候で、何事にも遠慮しなければならなかった。宮座で神主の役を勤めた人でなければ、公式の席でも羽織袴は許されず、その利権を金で買うこともできぬということで、おそろしく閉鎖的な習俗がある。

老人は小椋氏の一族で、むろん宮座に列する一員だが、一年神主を勤めたときの話もしてくれた。

「その一年間ちゅうものは、毎朝暗いうちに起きて、水垢離（ごり）をかいて、女房とは別居や。在所ではどの家を訪ねても下座には坐れんし、お宮さんに参るときは一切無言のまま、口をきいたらあかんのや。一年間は顔も剃らんというきついものやった」

「食べ物の忌（いみ）もあったのですか？」

「そうや、これも窮屈なもんやったなァ。肉はもちろんのこと、ニラもいかんし、ビワもブドウも、それから、山椒も食わなんだ。川狩りも山の猟もあかんし、泊りがけの旅行もできん。田畑の仕事で汚い物にさわってもいかんし、シャツもステテコも、六十以上の婆さんが洗濯したものでないと着ることができんちゅうことで、一年すると、人間が偏屈になったなァ。それは昔からの掟やけれど、こんな世の中になると、だんだんなり手がのうなるわな」

全国の木地屋を氏子に帰属させるためには、それぐらいの格式を維持することが必要だったのであろうが、今は「実」が失せて「名」だけが保たれているような気がする。道端に腰をおろしたまま、小一時間もしゃべったであろうか。

「あんた、今晩は茨川で筒井雄策さんに会うといわれたが、わしがよろしくいうとったと伝えて下されや。もう長いこと会わずにいるが、こうして達者で、草刈りぐらいはしとるからとな」

小椋老は、茨川に人が住んでいた頃、雄策さんらと一緒に山仕事をしたことがあって、親しい間柄だと、しきりになつかしがった。

君ヶ畑の金竜寺は、蛭谷の帰雲庵と同じく惟喬親王の開山だとして抵抗しているが、造営は金竜寺の方が格段にすぐれている。後で出来るものほどそうなるのかも知れない。境内には「諸国万年筆業者之霊」と刻んだ石碑が建っている。ロクロの仕事が斜陽になりかけた頃、いち早く北陸地方の木地師が万年筆のエボナイト軸を挽(ひ)く仕事に転向したのが始まりで、初期の国産万年筆は、木地屋の技術に負うところが大きかったという話をどこかで聞いたことがある。

君ヶ畑から四キロほどのぼると、道が狭くなって、徒歩道に変る。道幅の拡張計画が予定にのぼっているそうだが、茨川への道は細い樹林の下影であった。本流を見送り、右へ小又川に沿ってのぼると、谷川を渡ったところで取りつく山越えのルートがある。下流の杠葉尾から茶屋川に沿った茨川林道があるけれど、それも廃道になった今は、歩けば君ヶ畑経由の方が早いのである。ちょっとした尾根を巻いてくだると、目の下はもう茨川である。

## 山家育ち

鈴鹿山地の分水嶺は、東に偏在している。三重県側に急で、滋賀県側には前山が多く、湖東平野にずっとはみ出しているから、湖東方面から入ると、ふところの深い地勢になっている。茨川は川ではなく、滋賀県の山地集落では最も奥深い位置にある。滋賀県神崎郡永源寺町（以前は東小椋村）でありながら、往来はむしろ三重県の方が近くて便利だった。そうはいっても、北伊勢との間には治田峠（七七〇メートル）の壁がある。君ヶ畑から八日市に出るにしても、ずいぶんの山道を歩かねばならなかった。

それほどの山奥でも、鎮守（天照神社）と小学校の分校があった（寺は君ヶ畑の金竜寺）。茨川が廃村になり、分校が廃絶になってからも、神社の本殿と社務所はのこされている。

一日目の夕方、君ヶ畑から山越えで茨川へくだっていくと、川向うの分校の軒に一

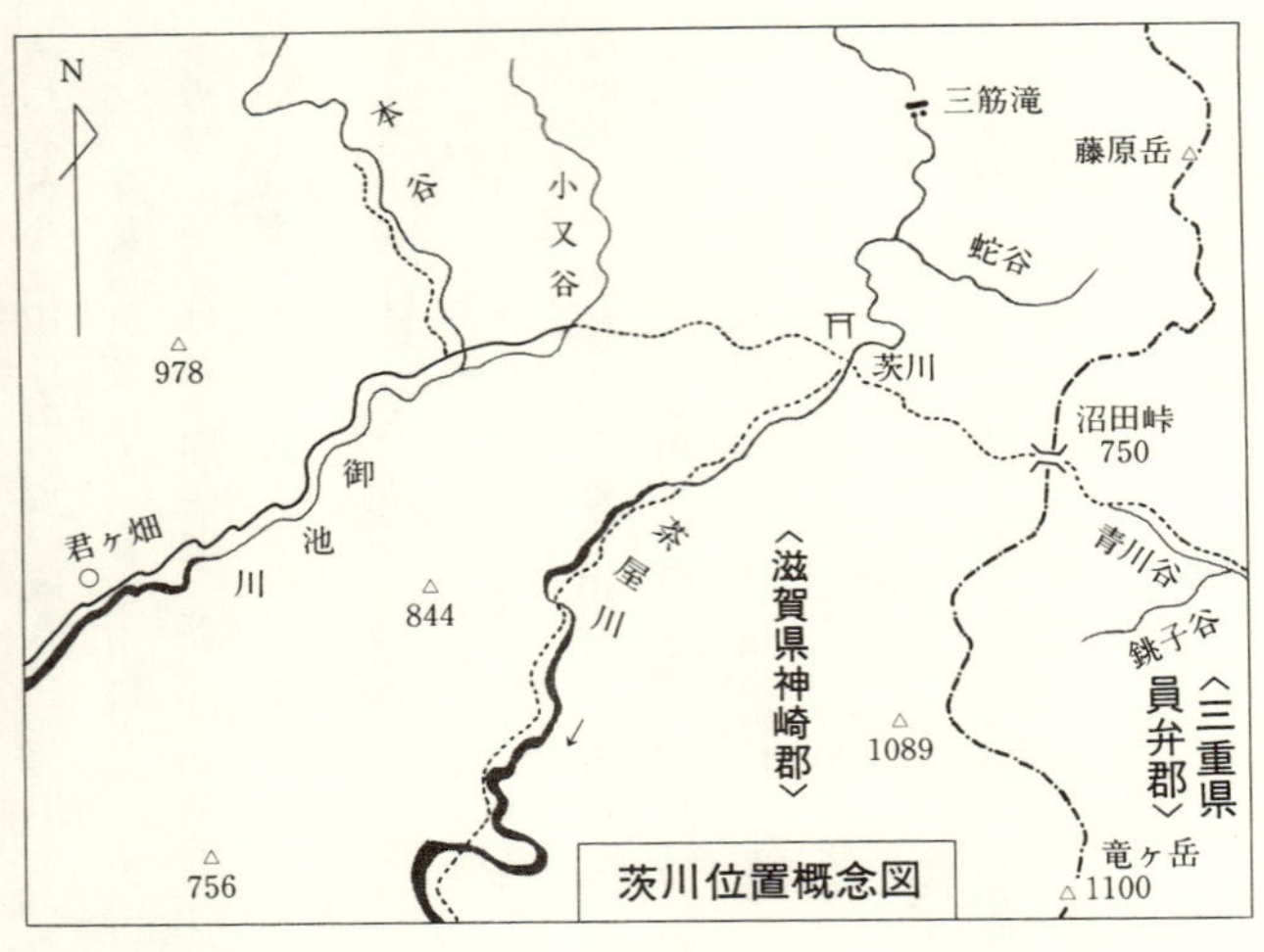

茨川位置概念図

条の白い煙が立っていた。陽が西の山に沈んでからも、七時頃までは残照があった。猫の額ほどの校庭の一隅から、夕映の空に向けてその煙はまっすぐにあがっている。雄策さんが先に到着して、目印の狼煙（のろし）をあげているのだろうと想像しながら、山道をくだりきると、煙の傍にしゃがんでいるのは大男の雄策さんではなく、若い女性であった。モンペを穿（は）いて、筒袖の袢纏（はんてん）らしい物を羽織っているその女性は、黄昏（たそがれ）時の山奥だけに、さびれた周囲の景色にむしろ似つかわしく、楚々とした風情ではあるが、まったく予期しなかった光景である。私は思わず足をとめた。木立ちの中にたたずんで目を凝らす私に、先方は気づかぬ様子である。

山の精か、妖怪変化か——、そんなあらぬ念(おも)いが頭をかすめたが、木の枝で焚火をいじりながら、時折り校舎の軒をふり仰いだり、髪を掻きあげたりしている様子は、やはり人間である。どこの誰だか見当もつかぬまま、いぶかしい思いで私はゆっくり近づいた。小さい草原をよぎると、川に板の橋が架かっている。その手前まで進み寄ったとき、女はこちらに気がついたと見えて、ツと立ちあがると、ていねいにお辞儀をした。

「あら……」

と小さく叫んだようだったが、川の瀬音でそれとはハッキリ聞き取れなかった。

「……? 誰だろう?」会釈を返しながら橋を渡りきるまで、私は判別がつかずにいたが、近づいて顔をよく見ると、雄策さんの娘であった。

「おや! 博子さんでしたかー。おどろきましたねえ。まさかと思って、木陰でしばらく観察していたのです。狐にしてはうまく化けすぎてると思いましたよ」

「まあ、いやなこと……。狐やったら、もっと美人に化けますわよ」

そういう彼女は、目の涼しい、鼻筋のたしかな美しい女である。すでに結婚して桑名に住んでいるが、上級の学校へあがるまで、この茨川分校に学んでいた。この小さな校舎は、彼女の母校である。

「父が茨川で、山本さんと合宿するんや、と申しましたから、足手まといを承知でついて来たのです。久し振りで、生まれた土地の変り様を見たいと思いまして――。聞いてはいましたけれど、人の手を離れた山里って、荒れるのが早いんですねえ。山は、昔のままですが……」

博子さんは、しまいの方を消えるような言い方をした。私は返す言葉に困って、あいまいな返事をした。自然の破壊力、というより、復元力は、平地よりも強いということか。

「父は奥の家でお待ちしています。峠の下までお迎えに出よといわれまして、二時間ほど前からその辺をうろついていたのですが、人の住まない山里へおいで下さるのに、せめて煙などあげておきたいと思ったものですから、生木を集めて、くすべていたところです」

山家育ちのつつましさを、町へ嫁いでからも彼女は失わずにいるらしい。途中で道草を食いすぎたことを弁解しながら、私は焚火の後始末を手伝って、博子さんを先に立てると奥の家に向った。

分校と隣り合っていた家は、廃村になってから山仕事の作業員の宿舎に当てられて

昭和 38 年当時の茨川

いたが、昨年出火して、全焼してしまっていた。囲炉裡の火の不始末が原因だったとかで、隣接の分校が類焼を免れたのが不思議なくらいである。茨川が廃村になってから、はじめてイワナを釣りに来たとき、友人三人と押し入って泊り込んだのがその空家であった。焼けなかった家々も年々朽ちて、冬の積雪に押し潰され、やっと三軒が残っていた。萱葺(かや)きの民家は、人が去って囲炉裡の火が絶えると短命に終る。鈴鹿の山谷は長年馴れ親しんだところだが、これまで私は南部の神崎川を主に、野(や)洲(す)川の上流と、茶屋川は下流の又川の辺りまでしか入っていなかった。

茶屋川上流の茨川へ来はじめた頃、ここはすでに廃村になっていた。

かつて茨川の住人であった筒井さんの一家と知り合うようになったのは、私ども仲間との廃村通いが始まってからである。電柱も電線もない、萱葺きの人家が七軒と、分教場が一棟、小ぢんまりとした盆地につつましい風情で取り残されているさまを見たとき、私は意中の桃源に出くわしたような感慨と戸惑いを覚えた。下流の杠葉尾から一四キロ、茶屋川沿いに蜿蜒と続く苔むした廃道をのぼって来て、明るくひらけた谷間に鎮まりかえるこの人里にたどりついたとき、殊にその感が深かった。

各地の山村が衰滅しはじめた昭和三十年代の後半から、仲間内では廃村の泊り歩きがさかんに行われだしたが、茨川へ泊りに来た回数が最も多かっただろう。はじめてここを訪ねたときから、この土地を去って行った人びとの消息がしきりに思いやられ、会って昔語りを聞きたい気持が年とともに体内に根を張っていた。想念が強まると、その方に向って人間は動くものだ。機会は意外に早く来て、北伊勢の員弁町に住む筒井雄策さんを訪ねあてることができたのであった。

分校の軒を廻り込むと、奥の方へ一本の道が通じている。左は畑、右は古い石垣だが、畑は雑草に埋まり、石垣の屋敷跡は荒地になっていた。柿の古木が一本、これだけは昔のままに枝を張って、小粒の青い実が無数に葉陰に隠れている。畑の向うに一軒、道のつき当りに一軒、そこを左に曲ると小さい橋があって、橋を渡ったところに鎮守の社がある。その奥にも二軒あったのだが、前年の雪で倒壊したそうだ。橋の手前のつき当りの一軒は無事にのこっているが、いつ来ても表戸に錠がおろしてあった。一度も泊り込んだことのない家である。

「あれが、今晩のお宿です。わたしの母の実家なんです」

博子さんが声を弾ませていうその家は、表戸を開け放して、屋内がほんのりと明るかった。

「やぁ、こんな山奥へようこそー。きょうは廃村のぬしが帰ってますから、ごゆるりと客人になって下さいよ。飯焚き女もつれて来たし……」

雄策さんは炉端に坐り込んで、古風な鉈豆煙管（なたまめぎせる）をくわえていた。炉には太い榾（ほた）がチロチロと焰をあげ、鴨居にはランプがともしてある。ランプはどの空家にも放置されているのを見てきたが、この村で使われていたのは異型のもので、油壺が上についている。普通のランプを逆さにしたような形だが、石油をどうしたのかと尋ねると、外来者にわからぬ場所に隠匿してあるのだという。へたに使われて、火事を出されては困るというのだ。吊るように出来ているランプを、使い方を知らぬ者は台の上に置きたがるから危ないのである。雄策さんはここを出てからも、時折りは山を見回りがてらに立ち寄るのだという。

「わしの生まれた家は、雪で潰れましたよ。去年の冬……。ここは女房の実家で、のこっている建物では一番ましな方です。寝泊り用に、何でも置いてあるし、時折りは掃除もやりますよ。この前の家は最後まで住んでいたから、建物はしっかりしてますがね、大学のワンゲル部が使うようになってからゴミだらけにしよって、足の踏み場ものうなりましたな」

そういえば三年ほど前、五人で茨川へ来たとき、その家に泊るつもりで、日暮れ前に押し入ったことがある。茨川訪問の五度目であった。外観が立派なので気がひけたのだが、遠慮しながら入ってみると、屋内は土間も居間もゴミだらけで、掃除にたいそう手間取った思い出がある。

「その家も筒井でね、わしの従兄が最後まで守りをしていたのです。根性のしっかりした男で、ここに骨を埋める覚悟で頑張っていたのですが……、学校の問題があってねえ」

「ここでは、上級の学校へ行けんということですか」

「そうやないんです。一軒でも残っていて、子供がおれば、学校も先生も置かねばなりませんわな。分校を閉鎖しようにも、県の許可が下らんのですよ。それに、越冬のための食糧や燃料も運ばねばならんし、外からの協力も大変でしたな。結局、どうなったかというと、一戸残留者に県の方から要請して、出てもらうことに相談がまとまったわけです。一軒だけ孤立したから辛抱できなくて出たのと違うんですよ。たのまれたから、しぶしぶ出たのです。あれは――、昭和三十八年の八月七日でした。忘れもしませんよ。ラジオ放送で、最後のあるじがね、滋賀県神崎郡永源寺町茨川は、本日を以て閉村といたします、と挨拶したのが幕引きでした。茨川出身の年寄や女は、その放送を聞いて泣いたそうです。茨川の歴史は、その日で公式に終りを告げたことになるんです」

　囲炉裡の火を見つめながら、雄策さんはそういって目をしょぼつかせた。

　茨川分校は、教室が一つ、狭い廊下を挟んで職員室兼宿直室があり、そこが職員住宅をも兼ねていた。僻(へき)地を覚悟で赴任して来た若い教師も、生活物資の不如意よりは、日常の単調なのに堪えかねたであろう。雪深い冬ごもりの退屈がよけいのことそれに輪をかけたに違いない。どこの山村を訪ねても、冗談めかした話に〝辞表峠〟というのをよく聞かされる。越えて行った峠が話題にのぼると、あれは別名〝辞表峠〟と申しまして、という話になるのである。辞令一枚で赴任して来た人が、村の手前の峠のきついのに辟易したうえ、任地の僻遠不便なのに閉口して、間もなく辞表を出す例が昔から後を絶たなかった。それが峠という天然の屏風に表象された話である。茨川も例外ではなかった。

この分校の教師が長続きしないことは、代々の戸長の歎きの種であったという。ついに思い余った前戸長が、自分の長男を県立師範学校に入れて、母校の茨川分校へ迎えた。皮肉にもその人が最後の教師となったのである。雄策さんの従弟にあたる人であった。

茨川が廃村になってから、この家は筒井家一族の別荘になっているらしい。表戸に施錠してあるのはこの家だけである。屋内には、他の廃家にはない道具がそろっている。納屋には臼や杵も置いてあって、天照神社の祭礼日には、ここで鏡餅を搗いて供えるのだという。その日は社頭に幟を立て、玉串を献じて祝詞を奏上するそうだ。祭礼の日は、かつての住人が峠を越えて参詣に来る。いつか釣りに来たとき、その情景を垣間見たことがあった。谷間に大太鼓がとどろいて、社前に十数人の着飾った男女や子供が群れているのを、川の中から見あげながら通りすぎた記憶がある。

雄策さんは、黒光りする戸棚を開けて、何かゴソゴソ探していたが、尻が黒くすすけた一升徳利をつかみだすと、瓶の酒を徳利にうつして、無雑作に囲炉裡の灰に突っ込んだ。

　話が弾むころには燗が熱くなり、博子さんの手料理が次つぎと炉の框に並べられた。雄策さんは酒に強い人だが、三日分にと、一升瓶を三本も荷物の中に加えて運んで来た強さにもおどろく。私には釣り道具だけ持って来ればよいといっていたが、そうもいかないので、自分なりに担いで来た米や副食の材料を出しならべてみたけれど、雄策さん父娘が背負ってきた生活物資は私の四倍ほどもある。博子さんは上品な体つきをしているが、少女の頃に炭俵を背負って、長い山道を何度も往復したことがあるそうだ。

　今日ここへ来る途中、君ヶ畑で小椋老に出会ったことや、ことづけを伝えると、雄策さんはさもおどろいた様子で、あの人には是非もう一度会いたいと言った。気が合っていたのだろう。夏なら、車で石榑峠を越えれば一時間で行ける。

「小椋さんはねえ、山の木にめっぽうくわしい人で、ずいぶんいろいろなことを教わりましたで……。宮座の話が出ましたか。実は神主の作法も、あの人に教えてもろうたのですよ。仕事の休憩中に、山の中でね。大木を御神体に見立てて、足の運び方から拝の仕方……、思い出すことばかりです。茨川では大正の頃に、君ヶ畑のやり方を学んで始めたそうですが、何しろ人間が少ないもんやから、一年神主というわけにはいかんし、こちらは三年でしたな。わしも長いことやりましたよ」

小椋老の話から、筒井さんはすっかり活気づいて、茨川の昔話をふんだんに聞かせてくれた。私は廃村へ来ていることも忘れて、雄策さん父娘の別宅を訪問したような気分になっていた。

## 山中暦日なし

二日目。

今日は、朝からイワナ捕りをすることになっている。私はテンカラ用の短い竿と毛鉤を持って来た。雄策さんは手ぶらで、魚籠(びく)だけ用意してある。素手でイワナをつかむのだという。

「わしが歩いた後は何も釣れんようになるから、あんた、先に行きなさいよ」

雄策さんは、川の中をジャブジャブと、わざと荒っぽく歩いて、イワナを石の下に追い込んでおく。岩陰にピタリと身を寄せて隠れているところへ、両手を差し込んでつかみ捕りするのである。瀬に出ているやつは、とても敏捷だから手に負えない。そういうやつは私が毛鉤で狙うことにして、雄策さんは私が釣った後からついてくるという申し合せだが、川を歩く速度はテンカラの方が早い。

下流の方から川伝いにのぼることにして、三人は草生えの林道を歩いてくだった。廃道になってからめったに人の通わぬこの道は、ところどころ緑の苔に覆われ、伸びあがった芒(すすき)に半ば視界が塞がれていた。なん時、野獣と鉢合せするか知れないような気配である。谷ウツギも花盛りがすぎて、密生した枝の隙間から透き通った茶屋川の流れが見え隠れする。この辺りは、何度も川通しで釣りのぼったことがある。流れのくせや岩場には、見覚えのある個所が多い。

一キロ余りくだったところに最初の橋がある。下流の里からのぼってくると、十番目の最後の橋になるのだが、すでに崩れ落ちて、痕跡だけがのこっている。三人はそこで川へ降りた。雄策さんは川原に荷物をおろすと、新しい藁草履(わらぞうり)を二足取り出して、身支度に取りかかった。といっても、着ている物を脱ぐだけである。私は地下足袋のまま徒渉する流儀である。ゴム長靴だと、夏は足がむれて困る。毛鉤釣りの支度をしている間に、博子さんは手早くモンペを脱いでザックにしまい込んだ。父娘とも、下半身は短いパンツ一枚きりである。雄策さんの筋張った逞しい脚と、博子さんのスラリとした白い脚が対照的だが、私の目は均斉の好い白い方に吸い寄せられる。父娘とも素足に草履ばきのいでたちで、雄策さんは無手、博子さんはザックを背負って、大きい魚籠を手に提げている。昔、この川で使ったものだそうで、来るときよりも荷物の嵩が増えたように見える。

「わしは、イワナの餌釣りはずいぶんやりましたがねえ。毛鉤で釣るというのは、話には聞いたけれど、まだ見たことありませんのや」

雄策さんがそういうので、私は二人の目の前で釣って見せることにした。どんなにうまく毛鉤を操作しても、傍観者にはほとんど見えないのだから、魚が釣れなくてはさまにならない。自分の釣りを背後で見られているのは何とも気詰りなものだが、うまく釣れたときの気分は、見られている方が好い。この時が、運よくそれだった。目の前の、膝の深さぐらいの瀬尻を狙って毛鉤をとばしたら、二度目の振り込みで、ちょっとした石の下からムクッと、流れを割るように魚体がくねった。雄策さんにはそれが見えたらしい。「あ……」——と背後に小さい声がした。すかさず竿先を撥ねるとしたたかな手応えがあって、博子さんの足もとの川原でイワナが跳ねた。二十五センチはあるだろう。

感歎する二人を前に、私はひとくさりテンカラの講釈をしたが、これまでの経験で、手始めにいきなり釣れて気をよくした後は、好い釣りのできたためしがないことも言い添えた。それは多くの釣師が口にするジンクスのようなものである。

「あんたはその調子で、数を釣って下さいな。わしはせいぜい、これより大きいのを選ってそろえるから――」

と雄策さんは言った。

雨あがりの翌日で、魚の動きが活潑だったせいか、最初に言いわけしたほど悪くはなく、二時間ほどの釣りで十数尾の型がそろった。雄策さんが大きいのをそろえると言ったので、小さい魚は恥ずかしくて魚籠に収められない。半数近くは川に返した。なるべく二人を引き離さぬつもりで、好い場所では悠長に時間をかけたのが結果的にはよかったといえる。一人なら、適当に見切りをつけて場所替えするところを、二人の姿が見えてくるまで同じところで竿を振りつづけていると、忘れた時分に魚がとび出してくることもあった。イワナ釣りには、時折りそういうことがある。

大腿部から下をあらわにした博子さんの姿が視野に入ってくると、チラリと目をくれて次の場所に移る。緑を映し込んだ清流の浅瀬に立つ彼女の白い脚がまぶしいのは、気のせいかも知れないが、人の住まぬ山深い谷間で、身軽に動きまわる山の精のように、ひときわなまめいて見えるのである。

茨川の在所跡から少しくだった辺りの対岸に、ちょっとした台地があって、そこだけは樹が一本もなく、一面の雑草に埋まったところがある。昔、茨川に住んでいた人たちの墓地である。その下で、私はひとまず竿をおさめると、雄策さんの漁が見たく

て川をくだった。
　雄策さんは、さして深くない瀬脇にしゃがみ込んで、顎が濡れるところまで顔をさげている。両腕は肩の付根まで水に浸って、じっと動かない。指先で何かを探っているのだ。ややあって、片足を後ろへ引くとおもむろに立ちあがった。肘から水がしたたり落ちて、両手に余る見事なイワナが身をくねらせている。尺は超えているだろう。博子さんがすばやく駆け寄って魚籠を差しだした。中をのぞくと、優に三十センチを上回るイワナが何本も横たわっていた。
「これで、八本目ですの」
と博子さんがいう。竿釣りでは、僅(わず)

かな時間でとてもこれだけの大型はそろわない。茶屋川にはまだこんな大物がのこっているのかと、私は舌を巻いた。数はこちらの方が倍ほどいるけれど、同じ川のイワナとは思えぬほど型が違う。

「これは夏場に限るのですが、ほんとうは水涸れのお盆の頃がよろしいのや。あんまりやりすぎると、神経痛が出ますな。川の水温と違わんぐらいに手を冷やしておかんことには、つかめんのですよ。ちょっとでも生温かいと、触れた瞬間にツイッと逃げてしまいます」

　イワナは水面の物影には神経質だが、水中では割合い大胆である。背に触れたりすると、おどろいて逸走するが、腹の方はそれほど鋭敏でないとみえて、冷えた掌（てのひら）を差し入れてもまず逃げない。腹に手を触れてみて、小さければ見のがしておく。これは大きい、と判定したやつだけをつかみ捕るのだから、それこそ「選り取り見取り」というわけだが、相応に熟練が必要だという。

　午後は三筋ノ滝まで行くことになっているので、時刻は少々早かったが、三人は一旦空家へ引きあげた。

　昼食の支度をするあいだ、博子さんは手際よく囲炉裡の火を焚きつけると、それまで襟にかけていた手拭を姉様被りにした。彼女は全然化粧をしていないし、装身具一つ身につけているのでもないのに、手拭の扱い方がとてもなまめかしい。川を歩いているあいだ、彼女はそれを襟にかけていた。谷間では、白い手拭がネックレスよりも効いていたし、いつ履き替えたかわからぬ絣のモンペ姿に手拭を被ると、型にはまったどんな帽子よりも姿に合っている。山里生まれの山育ちだと聞いていたが、ここでは白い一本の手拭が唯一の身だしなみであり、さりげない装飾品にもなるのである。軒を流れるこの川の水で産湯をつかっただけのことはあるのだと、その立居振舞いが山家の板についているのに改めて感心した。山はもうすっかり夏の風情だが、ひんやりとした萱屋根の炉端に坐ると、やはり火がなつかしい。

「三筋ノ滝まで、何もせずに歩けば一時間で行けますが、途中でもう少し釣ってみますか……」

雄策さんの提案で、私は竿を持って行くことにした。釣りをする者は、竿さえ持っていればどんな川筋の長丁場を歩いても苦にならない。妙な弾みがつくのである。博子さんはイワナの焼き枯らしを終えて後から来るというので、二人は先に出発した。

在所を奥へ抜けて、藤原岳へ登る尾根道を左へ外れると、蛇谷の下流へ出る。蛇谷を左へくだれば、再び茶屋川の上流である。博子さんが追いついてくるまで、二人はその辺で遊ぶことにした。蛇谷という名の沢は各地にある。ヘビが多いからこの名がついたというのが通例だが、そうでなくとも、ヘビにまつわる伝説や由来が語られている。茶屋川上流のこの蛇谷について、雄策さんは次のように話してくれた。

「ここはねえ、茨川の発祥に深い関りがあると思うんです。というのは、弘仁元年の頃、この谷筋で銀を掘りはじめたそうです。谷の岩壁に露出した銀の帯がね、夜になると、大蛇がくねっているように見えたので、蛇谷と呼ぶようになったのやと……。月の明るい晩などは、そりゃあ凄いものやったという言い伝えがありましたで。今は廃鉱でそんなものは見られんけど……。その鉱山の働き手のために四、五軒の休み茶屋ができて、それがずっとのこったのですやろな。君ヶ畑の銀山という時代もあったそうです。後に関ヶ原合戦の残党なども山伝いにやって来て、ここに匿(かくま)われて共同生活を始めたらしいのですが、そのへんから茨川が村になったといわれています」

弘仁元年といえば西暦八一〇年だから、ずいぶん古い時代に人が入っていたことになる。一説によると、筒井順慶の改易後、その一党が世を忍んでここに落ちのびたから筒井姓が多いのだともいわれるが、それが事実なら、関ヶ原の残党とどちらが前後だったにしろ、合流説も故なしとせぬだろう。

本流の奥は真ノ谷と呼ばれているが、昔、人が住んでいた頃の炭焼小屋の跡や、草に埋もれた作業道がこの辺には多い。二時間ほど、博子さんを待ちついでに竿を振ってみたが、午前中ほどは釣れなかった。気がつくと、雄策さんの姿が見えなくなって、薄暗いほど木の繁った沢に自分一人だけになっていた。けだるい瀬の音に混じって、小鳥の囀(さえず)りがにわかに耳に入ってきた。遠いのか近いのか分らぬぐらい、いろいろな音が混じっている。真昼の山奥というのは、意外と賑やかなものである。岩に腰をおろしてぼんやりしていると、子供の合唱のようにも、若い女の声のようにも聞こえてくる。山の精や山の神というものがあるとすれば、幻聴に似たこの歌声やつぶやきは、多分、そういうものの所為(せい)かも知れない。今朝方ながめた博子さんの白い脚を、何となく思い浮かべながら下流の方に目をやると、おどろいたことに、すぐ下手(しも)の蛇谷の合流点に彼女が姿を現した。今朝方と同じく、素足に藁草履をつっかけたあのいでたちである。彼女は転石の上を巧みに跳んでこちらへやって来た。絣のモンペに姉様被りで立ち働くしとやかな奥様風の彼女と、下半身をほとんど露出して草履ばきで跳び歩く村娘のような彼女とは、まるで別人のように見える。

「お父さんを、見かけませんでしたか？」

「あら、お一人でしたの？　どこへ行ったのでしょうか……。この辺は父の庭みたいなところですから、そのうちに戻ってくるでしょう」

「素足のままで、家からここまで来たのですか？　マムシが出る季節やのに……」

「それだけです。気をつけなきゃなりませんのは――」

「ヘビは、恐くないんですか」

「子供の時から見馴れていますから――。好きにはなれないけれど、別段恐いとは思いません。おとなしいんですもの。ここは、鹿がよく通る場所なんです。通い道になってるのかも知れませんね。秋の夕暮れになると、家の軒先までやって来て、よく啼いたりしたものです。勝手元に立っていますとね、軒の落葉を踏む音まで聞こえました」

彼女が赤ん坊の頃の話に、ある年の冬、鹿の群が雪に降りこめられて、大量に凍死したことがあったという。その翌春、角を拾い集めてひと儲けした人がいたそうだから、本当の話だろう。鈴鹿山地は南北に長く、昔から鹿の多いところだが、雪が深くなるまでに南部へ移動する。茶屋川下流の杠葉尾の人がそのありさまを見て、まるで牧場の馬が集団で移動するような光景だったと言ったそうだ。鹿は雪に弱いから、降りこめられて動けなくなっているのを、丸太棒で殴り殺した人もいたとか――。

山育ちだけに、彼女は耳よりな話をよく知っている。

二人で話し込んでいるところへ、雄策さんが戻って来た。午前中、イワナを入れていた魚籠に、ワサビがどっさり入っている。人の通わぬ小沢の奥に密生地があって、茨川にいた人でも、二、三人しかその場所を知らないそうだ。

「これ、半分はみやげに持って帰って下さいよ。ここにはデパートもないし、こんな季節の手みやげというては、これぐらいな物しかないのです。葉っぱは今晩、おひたしにでもしましょうや。もうひと丁場、この奥にあるんです」

太いのは直径三センチほどもあるのが混じっていた。

あちらの岸、こちらの岸に、昔の踏跡が現れたり消えたり、何度も浅瀬の徒渉をくり返して、午後三時、三筋ノ滝へたどりついた。落差二十メートル。名の通り三本の水柱になって落下している。茶屋川では唯一の滝である。滝を見ると、その上に出てみたくなる。雄策さんの先導で、右岸の藪を潜るように、足場の悪い巻き道をのぼりぬけると、沢が明るくひらけて、鈴鹿で一番山容の大きい御池岳（一二三九メートル）に続く壮大な尾根が頭上に迫ってきた。もう帰らねばならぬ時刻だ。三人は川に立ったまま、夏空の下に光る尾根をふり仰いだ。あれほど囀っていた小鳥の声もいつしか鎮まって、遠いところで滝の音だけがつづいていた。

## 炉辺夜話

囲炉裡の遠火でよく焙（あぶ）ったイワナは、焦げもせず、いぶし銀のような光沢を放って

いる。こういう仕事に手馴れている博子さんが、昼のあいだに手間をかけておいてくれたのである。晩酌の肴には、午後に釣れた十尾ほどのイワナを塩焼きにした。

この二日間、中畑から政所（まんどころ）を経てこの茨川まで、道草をしながら歩いて来たなかで、私はいくつかの知見を得た。全国の木地師を系統立ててまとめた蛭谷や君ヶ畑と、この茨川とは、発祥が異なる点もその一つである。君ヶ畑の小椋（おぐら）老や、茨川生まれの筒井雄策さんらと会う以前は、茨川は君ヶ畑の流れを汲む木地師の縁類だと思っていたのだが、蛇谷の銀山からこの方の話を聞くに及んで、私の独り勝手な想像は間違っていることが判った。

茨川には、戦前に土地の古老が伝承を記録した村の沿革誌が保存されていたそうだが、廃村になる前頃に行方が分らなくなったという。雄策さんは、その冊子がのこされていた頃、親戚の人がその中から抜き書きしたというメモの写しを見せてくれた。その中から、いくつかを拾い出してみよう。

▽寛政十二年（一八〇〇）から文化三年（一八〇六）までの僅（わず）かな間、山小屋にひとしい住居も合せて五十三戸があった。（蛇谷鉱山の従事者も含めての戸数であろう）

▽文化七年（一八一〇）頃、鉱山従事者の間に争い事が起り、山師生活をしていた者たちが逃げ出して、二十八戸に半減した。

▽文化十四年（一八一七）、茨茶屋村と称して、庄屋、戸長などの組織ができた。この年、紀伊国から来たという流れ者が、茨川に切支丹（キリシタン）の布教を始めた。

▽天保四年（一八三三）、奥羽地方の大凶作で米価暴騰、茨川では他郷から米が買えなくなったので、クサギ、ウコギ、リョウボ、イボナなど、雑木の芽を摘み採って飢をしのいだ。そのためか、婦女子は妊娠しなかったという。

▽弘化四年（一八四七）八月八日、大暴風雨が襲来して交易を断たれ、村は孤立して食糧が絶えた。その時、越前から来ていた樵夫（きこり）が備蓄食糧を提供してくれたの

で、村人は辛うじて露命をつなぐことができた。
▽嘉永三年（一八五〇）の春、鈴鹿北部は熊笹が異常に実をつけて評判となり、村を挙げてその採集に奔走した。一日平均二斗（約三六リットル）以上も集める人がいたという。その頃、若狭方面からやって来た人が炭焼きの方法を教えた。
▽安政三年（一八五六）、アメリカのハリス伊豆の下田に来航。その直後、どこの者とも分らぬ山師坊主がやって来て、ハリスの消息を虚構まじりで大袈裟（げさ）に語ったので、その話を真に受けておどろいた村人たちは、峠の高所に要塞を築いて、幾日も交代で見張りを立てて緊張した。
▽元治元年（一八六四）七月、京都蛤御門の変に際し、村人の矢木源左衛門という人が切支丹（キリシタン）破天連（バテレン）の魔法使いとして召された。
▽明治七年（一八七四）、茨川村として独立。同時に村の共有林として、静ヶ谷（清水谷）から本流奥の真ノ谷まで約二千三百町歩を下賜され、同十二年から十四年の間に二十二戸で分割した。その頃から木炭は個々の山で焼くようになり、全山炭を焼く煙が立ちこめる活況を呈した。
▽明治十二年、コレラが流行したので、他村の者の往来を拒絶した。病人が出ても、村には医者がいないから執った処置だが、そのため物資が乏しくて、生活は苦境

に陥った。

▽明治二十年頃、三重県の高柳から牛をつれて来た人が原野を切り開いて、三反歩の水田を耕作したが、収穫は二石に満たなかった。（平地農村の五分の一）その頃、治田峠に狼が来て、夜歩く牛の脚を襲った。

▽明治二十四年、時の松方内閣の政策で罪人を匿うことが禁止されたため、過去に罪状を負う者は村人に累の及ぶのをおそれて土地を去り、翌年八月の旧盆の行事の際は十四戸に減り、人数は三十七人となった。

▽明治二十七年、日清戦争が始まり、村から二名が出征。

▽明治三十八年四月二十二日、東京府八王子町の大火（三千八百余戸焼失）に際し、村人の古着を集めて換金、一円三十銭五厘を見舞金として愛知郡役所まで届けた。

▽昭和二十三年頃から挙家離村が始まり、三十二年、ついに一戸となる。

今、宿にしている家の前にあるその一戸は、三十八年八月、戸主が去って廃家となり、茨川の生活史は閉じられたのである。弘仁年間から寛政まで、千年ほどの糸が切れているのは惜しいが、古来「銀山越の茨茶屋」と呼ばれていたところをみると、やはり蛇谷の銀山を中心に成立した君ヶ畑の出郷であり、戦国期以後、常時宿屋や茶店が営まれていたことは確かである。

雄策さんは囲炉裡の榾をいじくりながら、こんなことを言った。

「昔から無医村やったというけれど、そんなことは全国の山村に共通していたのやし、不便な山奥に医者がおらんのは当り前ですよ。町に住んでいたかて、庶民は病気になっても医者にかかるゆとりがなかったのやから……。その代りをやっていたのが遍路の祈禱師や行商の薬屋で、村人は法印や薬屋に教えられて、山で薬草を集めては貯えたりしたのですやろ。そんな時代には、今ほど病人が出なかったものですよ。たいがいは辛抱で癒すか、民間療法でごまかしていましたわね。医者がいなければいないで、何とかすましていたのですな。それでも大病となれば放っておけん。わしが若い頃でしたが、年寄の病人を背中に負うて、北伊勢の町医者まで交替で山を越えて運んだことがありました。

それが、戦後になってから医療が普及して、いたるところに病院や医院ができたけれど、こんな山奥には診療所もできん。それが気持のうえで、大きいひけ目になっていたのです。それと、教育制度が進んで、こんな僻地にまで分校ができたのはよいけれど、猫も杓子も高校や大学へ行く世の中やのに、こんなところに高等学校が建つわけがない。まあ、炭を焼いてりゃ、英語がしゃべれなくても困らんけれど、結局、医療と教育の問題が一番のガンでしたな。くらし向きの不便なことぐらいは昔から馴れっこやし、もっと昔の人でも、ここは不便やとは思うてませんでしたでー。好んで村を捨てた人はおらんはずです。世の中がどんどん進んで行くのを横目で見ながら辛抱我慢を続けようにも、年老いた親や子供を抱えては、とても続かん時代になりました」

雄策さんが村を出たのは、昭和三十年の秋であった。

「丁度、茨川林道が開通して間もないときでした。開通記念に、親戚の者と三人で、八日市の町からそこの墓の下まで、タクシーに乗って帰ったことがあるのですよ。分校の前まで乗ってくるのは気がひけて……。ぜいたくしとると思われやせんかという気遣いもあったのですな。まだ炭を焼いとったときですから——。林道ができてトラックが出入りするようになってからは、コツコツと炭なんか焼いとれんようになりましてな、生(なま)の割木でどんどん出すようになったのです。柴まで刈りましたよ。山が裸になっていくのが日毎に目につくほど、みるみるうちに、山が財産でなくなってしもうたのです」

幅員三・六メートル、延長一二キロの茨川林道の開発は、結果的に離村の〝迎え水〟の役割をしただけで廃道になった。戦後間もなく、私がよく出入りした南部の神崎川は、茶屋川に対流する愛知川水系で姉妹格の川だが、そちらは林道がつかなかっ

たので、炭焼きがおそくまで残っていた。炭焼きがさかんだった頃の山の賑わいをなつかしがると、雄策さんは、

「あんたは自分の仕事でないから、見ていてたのしかったやろうけど、やってる者にすりゃあ、大変なしんどですよ。この娘（こ）でも（と博子さんの方へ顎をしゃくって）小学上級生になる頃は、そこの峠の下まで炭俵を背負わされて運んだのです。大人はそれをまとめて、治田峠を越えて北勢（ほくせい）町の新町まで、一〇キロほどの山道を歩いたのやから――。峠をくだったところに水谷さんという薪炭（しんたん）問屋があって、そこの主人が茨川の木炭を一手に捌（さば）いてくれたし、村の生活物資もほとんど斡旋してくれていたのです。現金の持ち合せがなくても、昔からのつき合いで、米でも海産物でも貸し売りしてくれました。わしらにとっては実にありがたい人でしたな」

「郵便物は、ここまでは来なかったでしょう」

「そうや、それも全部、水谷さんの店で扱うてくれましたで。茨川宛の郵便物は、水谷商店へまとめて届いてくる。荷出しをしたついでに、誰かがそれをもろうて帰って各戸に配る、というあんばいでした」

「茨川では、仕事で泊り山をするようなことはなかったのですか」

「そやなァ、あんまり遠い山には行く必要もなかったけれど、炭窯に火を入れると、

次に荷出しをするまでは山泊りをしましたな」

この辺から、私は泊り山の怪談を聞きたかったのだが、雄策さんはあまり語ってくれなかった。この人のように、どちらを向いても山ばかりの茨川で五十年近くもくらしていた人なら、さぞ山の怪談を豊富に持ち合せているだろうと想像していたのだが、その考えは、都会ぐらしの甘いロマンチシズムにすぎなかった。

「そら、今、啼いてますやろ……。ヒィー、ヒィーとね……。わかりますか?」

「あれは……、トラツグミですか?」

「そう。どこやら、陰にこもってますやろ。昔の人はあれを、怪獣の鵺の声やというたのですよ。夜の山に起ることは、何でも怪談になる種をはらんでいるのですな。もちろん、本物の怪談もありますよ。総身の毛が逆立つような恐ろしい話が……。しかし、そんな目に遭うた場所へは二度と行く気がしなくなるし、人にもそうたやすく語れるものではありません。聴く耳を持たん人にはなおさらです。批評や理屈の多い人もあきませんな。本当に恐かったと思うような経験は、人の一生にそう度たびあるもんではないし、それを思い出すような場所や、夜更けの山家では好んで語ることではないのです」

とやられた。そういえば、鈴鹿南部の山小屋では、樵夫仲間からしばしば妖怪譚を聞いたけれど、どれも狐か狸のいたずらのたぐいで、すべて人里に近いところで起きた話であった。陰湿な山の怪談のごときは、山深い泊り小屋では現実的にすぎる。たとえ知っていても、それを打ち消したくなる場所に身を置いているのである。語る者も聞く者も、その中に引きずり込まれてしまう情況の中にいて、あえてそれを口にする者は変質者であろう。そういう話は、風化してから里の巷(ちまた)でするもので、逆に巷の話が山小屋で迎えられるのは、要するにくるしい日常性を離れて、快適な気分を希求する願望の発露でもあろうか。

「山で一番よろこばれるのは、女の話ですよ。猥談ですな……。こればかりはどこでやっても怒る人はいませんわ。たわいのない里の色気噺(ばなし)が慰みになったものです。すぐには手の届かんものに、渇いた気持が向けられるのですやろなァ。これはわしと違うけれど、凄い話を聞いたことがあります」

といって、雄策さんが語ってくれた話に、こんなのがあった。

ずっと下流の永源寺の方から、藤本某という猟師が鹿撃ちにやって来て、釈迦ヶ岳の山中で、使い古した炭焼小屋で泊った。ナラかクヌギの丸太を組み合せて、萱(かや)で屋根をこしらえた掘立小屋であった。夜が更けた頃、遠くから地響きのするような大きい足音がして、太い木の枝をビシビシと踏みしだきながら近づいて来る気配なので、思わず跳ね起きて鉄砲を構えていると、ガシャーッと激しい音を立てて屋根が踏み抜かれた。闇の中で、目の前に巨大な人間の脚が突っ立ったかと見るまに、小屋の棟木を蹴散らしてズッシ、ズッシと立ち去って行った、というのである。恐ろしくて、引金に指もかからなかったそうだ。仁王様の足の三倍ぐらいもあったと、その猟師は後に語ったという。

猟師に怪我はなく、それ以外に何事もなかったそうだが、藤本という猟師は、それっきり山へ入らなくなった。山奥の古びた小屋に単独で寝るぐらいだから、剛胆な人だったと思われるが、よほど恐ろしい思いをしたのに違いない。昭和十年頃のことだったというが、雄策さんがその話を聞いたのは、戦後になってからであった。

「そらァ、山で小屋泊りをしていると、いやなことがありますよ。わけの分らぬ物音がするんです。夜行性の動物はたいがい判ってますがね。藤本さんという猟師はもうこの世におらんと思いますが、そのことは長いあいだ人に言わなかったそうです」

榾火で温めた一升徳利の酒は、二本目が半分ぐらい減っていた。博子さんは、男二人のやりとりに時折り顔を向けながら、無言のまま薄暗い勝手先で動きまわっていた。

どんなに山をよく知っている振りをしても、昼の山を踏み歩くだけの人と、泊り山の夜を重ねた人の話とでは、どこやら明暗の度合いが違うものである。山の恐さや厳しさを知っている人の話には、抑制のきいた重さがある。キザな思い入れや、うわすべりがない。「山の神」を信じる人たちである。

三日目。

昨夜は十一時すぎまで、炉辺語りに夜を更かした。朝寝坊をして目をさますと、雄策さんはまだ寝息をたてている。囲炉裡の煙が天井裏を這って、木の燃える匂いといっしょにこちらの部屋に流れ込んでくる。博子さんが例の姉様被りで、朝餉（げ）の支度に立っている姿が見える。起きだして、重い雨戸を繰ると、鈍（にぶ）色の空がべったりとひろがって、むし暑い日になりそうだ。

今日は、別れて帰る日である。はじめは君ヶ畑越えで、来たときの道を逆に踏んで帰るつもりでいたのだが、この父娘には尽きぬ名残りがある。感情の波がひとしいせいか、思うところが似通っているからなのか、もう何十年も飽きずにつき合ってきたような気がする。何となく立ち去り難い念（おも）いでぼんやりと空をながめていると、背後で声がした。

「早いお目覚めですな。降りそうですか？」

振り返ると、雄策さんが蒲団にあぐらをかいたまま、両腕をさしあげて伸びをしていた。

「いや、雨は大丈夫ですがね、むし暑い日になりますよ」

廃村の夏の朝は、小鳥の天国である。ここにしか人がいないと思うと、賑やかな野鳥の囀りがこの世のものとは思えなくなってくる。

軒下の川で顔を洗って台所に戻ると、囲炉裡の大鍋がグツグツと音を立てていた。白い煙にまじって、好い匂いの湯気が漂っている。

「ゆうべのイワナがのこっていましたから、身をほぐして雑炊にしましたの。山菜が端境期なものですから、根曲り竹の芽を摘んできて入れたのですが、少しおそいので、固いかも知れません。さきにお茶を淹れましょう」

そういって博子さんがすすめてくれる煎茶は、筒井家の茶園から作ったという上等の新茶である。

茶をすすりながら、何となく私は溜息が出た。

「三岐鉄道は、日に何本ぐらい、出ていますかねえ……」

ためらいながらそういうと、

「いっしょに、治田峠を越えますかー。それがええ。是非、そうして下さいよ。ここで西と東に別れてしまうのは、何やら心淋しいし、新町まで出てうちへ電話をすりゃ、誰なと車で迎えに来ますから……。博子も今日は家へ帰らねばならんし、桑名までいっしょにお送りしますよ」

雄策さんの厚意に、私はすぐさまとびついた。治田峠は、かつて茨川の生活の道であった。ここは近江国でありながら、近江から受ける便益は薄かったところである。鈴鹿山脈は近江と伊勢を隔てる大きい壁であるが、茨川と北伊勢とは、この治田峠で結ばれていたといえる。三年前の冬、一人でこの廃村に泊って、帰りに治田峠を伊勢の方へ越えて出たことがある。私は雄策さん父娘と、もう一度この峠を越えてみたくなった。

この家も、あと何年保つか知れないが、茨川がすべて廃墟になっても、天幕持参でこの催しを続けようと、昨夜の話にも出ていたのである。雄策さんは、いつかここに小さくとも山荘風の小屋を建てたいと洩らしていた。博子さんには、まだ子供がない。もし子供が授かっても、少し大きくなったらここへ連れて来て、先祖のくらし向きを教えたいと彼女は言っていた。そんな頃、雄策さんも私も、この山を歩いて越える力が、まだ残っているであろうか。

# あとがき

ツチノコは、どこかで、まだ細ぼそと生き残っているに違いない。動物には、種としての繁栄期と衰滅期があるそうだが、コウノトリやトキなどと共に、ツチノコも衰滅期に近い爬虫類の仲間なのであろう。ただ、コウノトリやトキのような大型の鳥類は、ひとたび空に舞いあがれば、一時に、多数の人びとの目にとまるが、ツチノコは草むらや藪陰にひそむ動物である。そのうえ、寒期には土中で冬眠するはずだから、人の目に触れる機会はきわめて少ないわけだ。そうだのに、ずいぶん多数の人に見られている。仮に半分が誤認だとしても、トキやコウノトリの比ではない。

本書の冒頭には、ツチノコにまつわる代表的なドキュメントをいくつか紹介したが、大部分は月刊誌『ワンデルング』（大阪・岳洋社　一九八五年）に連載したものである。「怪蛇襲来」の項は旧著『逃げろツチノコ』（絶版／山と溪谷社復刻）から一部を引用した。

怪奇譚が数篇あるが、月刊誌『釣の友』に発表したものと、新たな書き下しから成っている。少しばかり昔、それも戦後十年ほどの頃までは、まだこんな話が各地に生（なま）

のままころがっていたのである。高度成長による汚染は大気や水ばかりでなく、人心の透明度も低下させて、野生動物との関りまで根底から変えてしまった。

敗戦から数年の間、私は帯と着物の絵付をやりながら、紀伊半島の山間を主に巡業して、その片手間で川釣りをするといった、放浪じみた生活を続けていたが、朝鮮動乱の頃から、中国地方や丹波、滋賀県の湖東方面が稼ぎ場になった。内陸部に入ると、集落は川筋に発達しているので、滞在地の近辺には川があった。川釣りとの縁が深まったのは、そんな偶然性に触発したのだが、やがて巡業は口実になって、仕事は三分、釣りが七分といった乱脈が続き、家庭騒動は慢性化した。

中国山地と鈴鹿山地とは、古来、木地師が活動した舞台であった。深山幽谷といった嶮岨はなく、人間のなりわいと密接にかかわってきた土地である。大方の山では、炭焼きが繁昌していた。三日ほど仕事をしておいて、七日ほど山に入っていても、毎日、人の顔を見ることができた。

今も私のあたまには、大小さまざまな炭焼小屋、ねじり鉢巻の男たち、密造の濁り酒、アマゴ、イワナ、五右衛門風呂、囲炉裡の焚火、すすけたランプ、軒に積みあげた割木や炭俵、垢じみたせんべい蒲団、逞しく陽やけした山里の女、木造の分教場、鼻たれ小僧、藁草履――、といったようなものが雑然と同居していて、時折り、いっせいに顔を出してくる。

各地で出会った人や風物の思い出は際限もなくあって、いくらか整理したのを折々に書きまとめてきたが、今回は、鈴鹿の中部に的を絞って想い出の糸をたぐり寄せてみた。それが「炭山の日々」以下の物語りである。

一九八五年　秋

山本　素石

# 解説

甲斐崎 圭

匂いが漂ってくる、色が見えてくる、音が聞こえてくる……。活字を追っているのに、ふとそんな気配にとらえられる読みものが、ある。そういう視点でいうと、この本は著者の山本素石翁の足音や息づかい、声音(こわね)が聞こえてくるような作品である。

私が素石翁と初めて会ったのがいつだったか、もう随分以前のことなので忘れてしまったが、いつ会っても素石翁の話は興味深く、時の経つのも忘れるぐらいにひき込まれてしまい、聞かされた土地への想いが強くなって自分もその土地を訪ねてみたいと思わせられるのだった。

雲ヶ畑、朽木(くつき)、大原、二ノ瀬、芦生(あしう)、高野川、茶屋川、安曇川(あど)、閉伊川(へい)、杠葉尾(ゆずりお)……。本書に出てくる川や村の名は素石翁の話に何度か出てきたのをよく憶えているし、話に啓発されるようにして訪ねたり竿を出すなどした村や川もある。今では懐かしい想い出になってしまっているが、この作品を読むうちにその当時のことが鮮明によみがえってくるのだった。

たとえば杠葉尾を訪ねたときには苦労してイワナの養殖に挑戦し、成功した人と知り合い、取材したことがある。この話は拙著『山人たちの賦』（ヤマケイ文庫）に収録している。また、芦生を訪ねた折り、釣行がてら素石翁に教えてもらっていた廃村八丁に足を延ばしてその村痕に唖然とし、好奇心のままに月刊『山と溪谷』（一九八四年二月号）に山行記を執筆したこともある。

本書はツチノコ探しのドキュメント、山での怪談噺、炭山や樵など働き場としての山暮らし、廃村茨川村の人物交流譚で構成されている。なかでもツチノコは素石翁にとってライフワークになっていた分野といっていいだろう。

ツチノコは日本に棲息する未確認動物とされ、現か幻かの答えは今なお不明のままの生きものである。素石翁がツチノコ追跡に入るきっかけは京都の雲ヶ畑、栗夜叉谷で正体不明の生物にとびかかられ、危うい思いをした経験があったことだった。ツチノコは存在するのか、どうか……。架空ではなく、実際にいると思いたくなる経験をすると、まちがいなく「いる！」と確信したくなるのは当然のことかもしれない。それにしても読んでいるうちに「いるかも……！」という思いに傾いてくるのは素石翁の語り口のうまさだろうか。たしかに素石翁の語り口のうまさには定評がある。

かつて北から南まで全国八十八大学の学生釣り師（主に釣りクラブ）が集い、磯釣り、投げ釣り、ルアー釣り、キャスティングの四部門で釣技釣果を競う「全日本大学釣り選手権大会」というのがあった。三日間にわたる大会なのだが、大学生の釣り大会ということもあり、少しはアカデミックな要素もということで中一日に自然を考えるシンポジウムの時間を設けていた。私はその常任顧問をしていたこともあり、第二回大会だったか三回大会だったかのシンポジウムで素石翁にゲストとして出演してもらったことがある。予定では私との対談型式で進行するはずだったのだが素石翁の話が面白く、私はひたすら聞き役となり、聞き入るばかり。こういう場では居眠りする学生がいるのも珍しくないが、全員がまんじりともせずに素石翁の話に聞き入っているのはさすがであった。途中でひと息入れるように翁が間を置き、突然、「カイザキさんも何かしゃべってください。こんな無口なカイザキさんを見るのは初めてですヨ、みなさん。ホントはようしゃべる人なんですから！」

私は話を振られてドギマギ、会場は大爆笑の渦となったのであったナ。

それはともかく。ツチノコという呼称は本書で素石翁も書いているが〈京都北郊の一部と、鈴鹿山地、吉野群山一帯（ツチンコ）、そして北西国の一部で呼ばれている俗称〉であり、その他の地でもさまざまな呼び名があるとされる。呼称のもとになったのは物を叩く槌（つち）やワラ製で物を包む道具の苞（つと）に形が似ているところだという。

翁の地道で熱心な探索が続くうち、その噂が広がりはじめ、ツチノコに興味を惹かれて探索に加わろうとする同士が集るようになり、ついには日本の霊長類研究の創始者である今西錦司博士（京都大学名誉教授）が顧問となってツチノコ探索「ノータリンクラブ」が誕生することになる。一九七二年に作家の田辺聖子はその顚末を「すべってころんで」（朝日新聞夕刊）という小説で連載。限られた山奥の集落でのみ知られていたツチノコが、遍く広い世間に知られるようになるきっかけになったのだという。ツチノコという未確認生物はいるのか、いないのか……。その謎は今なお藪の中……。

　さて、素石翁の博識ぶりはツチノコだけに限ったことではない。お会いして話しているとまさに博学多才、歩く博覧強記といった塩梅なのである。どこで、いつそんな知識を得たのか、驚くばかりであった。いつだったか京都に素石翁を訪ね、話が弾んで、というか酒盃が重なりすぎて夜が遅くなり、泊めていただいたことがある。このとき幸運にも素石翁の書斎を覗かせてもらう僥倖があった。書庫といっていいほど部屋には本がびっしりあって、これが素石翁の博識の素か、と思わせられたものであった。が、名テンカラ師で釣り匠、溪魚についても並々ならない知識を持つ翁なのに、釣り関係の本がほとんど見あたらないのが不思議であった。うろ憶えだが、井上靖や水上勉の本が目についたように記憶している。

そういえば、素石翁と話していると、

「そうそう、○○という本にこんな話がありましたナ」

というような言葉がよく出てきていた。本書にも『遠野物語拾遺』や『伊勢風土記』、『滋賀県史』などの書籍をはじめ、唐詩選の名句、木地師の歴史、惟喬親王の話など、深い知識の片鱗を見るようなところがある。それは勉強家であり、何事につけても研究熱心な素石翁の真摯な姿といっていいだろう。収録された中の「山里夢幻」の六編は、山怪風の怪談噺だが、これは素材を本などから得たのではなく、翁が全国津々浦々山奥を旅して歩き、それぞれの土地で聞きとった噺が素になっていて、翁ならではのフィールドワークの成果といっていいだろう。しかし、そんな翁にもイワナとアマゴの区別もつかず、産卵時期なども知らなかった時代があったらしい。「炭山の日々〈居候の記〉」には、〈ようやく魚体の特徴がわかりかけたところで、いつごろ産卵するのか、そこまでの知見はまだなかったのである。むろん、渓流釣りの文献に触れる機会もなかった〉と書いている。渓魚についての研究熱心さはそんな経験があったからなのかもしれない。

　素石翁に教えられたことは実に多かったが、今思うと釣りのテクニックやノウハウについて話したことは一度もなかったように思う。私が餌釣りからテンカラ釣りに釣

法をかえ、絶不調に陥っていたときも、翁は、
「私も餌釣りしましたがネ、餌釣りの世界も奥が深いから、もういっぺんやってみはったらどないですか？　そうそう、コレ私が書いた本ですが、読んでみますか？」
といって一冊の本を出してくれる。その本は釣りの名著とされる『西日本の山釣』（釣の友社刊）であった。

もうひとつ翁の超技噺に触れるなら艶噺のうまさだろうか。本編にも「廃村茨川紀行」でホンのさわりの艶噺がある。いつだったか岐阜・馬瀬川に釣具メーカー「がまかつ」創業者の藤井繁克氏と三人で釣行したことがあるが、その夜の炉辺話も酒精が深まり、艶噺満載になった。山に入ると下界とは違った欲望が湧いてくるという意見が藤井氏との間で成立、爆笑。それにしても翁の艶噺には暗い卑猥さがまったくなく、カラリとした艶噺になるのはやはり超絶の話術といっていい。

終わりに、蛇足ながら。

翁の素石という名は釣号といっていい。本名は山本幹二。由来は佐藤垢石の「石」と当時関西釣界の大御所だった亀山素光の「素」をとったのだそうだ。翁の若い頃は文人たちが号をつけるのが当然だったそうで、その憧れだったのだという。

（かいざき・けい／作家）

＊本作品は、一九八五年にクロスロードよりクロスロード選書『山棲みまんだら』として刊行されました。

＊地名などの記述内容は当時のもので、現在とは異なる場合があります。

＊今日の人権意識に照らして考えた場合、不適切と思われる語句や表現がありますが、本著作の時代背景とその価値に鑑み、そのまま掲載してあります。

＊用字用語に関しては、原文の趣を損なわぬように配慮し、読みやすいように表記をかえた部分があります。

山本素石（やまもと・そせき）
一九一九年、滋賀県甲賀郡（現・甲賀市）甲南町生まれ。天理教滋京分教会長、ノータリンクラブ会長などをつとめるかたわら、日本各地の山地溪谷を探訪し、山村と溪流釣りにまつわる数多くのエッセイ・紀行を世に送り出した。遍く全国に名を知られ敬愛された稀代の釣り師であった。本名・山本幹二。一九八八年、京都市北区にて死去。主な著書に本書のほか『西日本の山釣』、『逃げろツチノコ』、『釣山河』、『遥かなる山釣り』、『釣影』、『山釣り・山本素石傑作集』、『新編　溪流物語』などがある。

装画＝松島ひろし　カバーデザイン＝松澤政昭　本文ＤＴＰ＝千秋社
校正＝五十嵐柳子　編集＝稲葉 豊（山と溪谷社）

# 山棲みまんだら

二〇一八年九月三十日　初版第一刷発行

著　者　山本素石
発行人　川崎深雪
発行所　株式会社　山と溪谷社
郵便番号　一〇一―〇〇五一
東京都千代田区神田神保町一丁目一〇五番地
http://www.yamakei.co.jp/

■乱丁・落丁のお問合せ先
山と溪谷社自動応答サービス　電話〇三―六八三七―五〇一八
受付時間／十時～十二時、十三時～十七時三十分（土日、祝祭日を除く）
■内容に関するお問合せ先
山と溪谷社　電話〇三―六七四四―一九〇〇（代表）
■書店・取次様からのお問合せ先
山と溪谷社受注センター　電話〇三―六七四四―一九一九
ファクス〇三―六七四四―一九二七

フォーマット・デザイン　岡本一宣デザイン事務所
印刷・製本　株式会社暁印刷

定価はカバーに表示してあります

Printed in Japan ISBN978-4-635-04852-1

## ヤマケイ文庫ラインナップ

新編 単独行
新編 風雪のビヴァーク
ミニヤコンカ奇跡の生還
垂直の記憶
残された山靴
梅里雪山 十七人の友を探して
ナンガ・パルバート単独行
わが愛する山々
星と嵐 6つの北壁登行
空飛ぶ山岳救助隊
私の南アルプス
生還 山岳捜査官・釜谷亮二
【覆刻】山と溪谷
山と溪谷 田部重治選集
山なんて嫌いだった
タベイさん、頂上だよ
ドキュメント 生還
日本人の冒険と「創造的な登山」
処女峰アンナプルナ
新田次郎 山の歳時記
ソロ 単独登攀者・山野井泰史
トムラウシ山遭難はなぜ起きたのか
凍る体 低体温症の恐怖
狼は帰らず
マッターホルン北壁
単独行者（アラインゲンガー） 新・加藤文太郎伝 上／下
大人の男のこだわり野遊び術
空へ 悪夢のエヴェレスト
ドキュメント 気象遭難
ドキュメント 滑落遭難
ドキュメント 道迷い遭難
ドキュメント 雪崩遭難
ドキュメント 単独行遭難
K2に憑かれた男たち
「槍・穂高」名峰誕生のミステリー
深田久弥選集 百名山紀行 上／下
山釣り
怪魚ハンター
溪語り・山語り
新編 底なし淵
新編 溪流物語
アウトドア・ものローグ
山女魚里の釣り
マタギ
野性伝説 羆風／飴色角と三本指
野性伝説 爪王／北へ帰る
大イワナの滝壺
第十四世マタギ
山人たちの賦
紀州犬 熊五郎物語